LA MORT DE BRVTE ET DE PORCIE OV, LA VENGEANCE DE LA MORT DE CESAR

TRAGEDIE.

A PARIS,
Chez TOVSSAINCT QVINET, au Palais dans la petite salle, sous la montée de la Cour des Aydes.

M. DC. XXXVII.
AVEC PRIVILEGE DV ROY.

A MONSEIGNEVR L'EMINENTISSIME CARDINAL DVC DE RICHELIEV.

MONSEIGNEVR,

La plus grande partie de nos Escriuains cōposent leurs Epiſtres des eſloges de ceux à qui ils dédient leurs ouurages comme des raisõs pour authoriser leur choix, & ne prennent pas garde que le plus souuent ces mesmes raisons les condamnent. Si ie mettois ce mauuais liure soubs la protection de vostre EMINENCE, pource qu'elle protege les Empires ; que ie me promisse qu'elle le receura, pource qu'elle refuse les couronnes, & que ie creusse qu'elle l'estimera, pource qu'il ny a rien au monde digne de son estime; Ie rencontrerois sans doute ce qu'ils veulent éuiter, & ferois veoir vn exemple de ce que ie desapreuue: Mais ce n'est pas pour tout cela, MONSEIGNEVR, c'est seulement pource que ie suis,

MONSEIGNEVR,

Vostre tres-humble, tres-obeïssant & tres-fidelle seruiteur,
GVERIN DE BOVSCAL.

PRIVILEGE DV ROY.

LOVIS par la grace de Dieu Roy de France & de Nauarre, à nos amez & feaux Conseillers les gens tenans nos Cours de Parlement, Maistre des Requestes ordinaires de nostre Hostel, Baillifs, Seneschaux, Preuosts, leurs Lieutenans, & autres nos Iusticiers, & Officiers qu'il appartiendra, salut. Nostre cher & bien amé GVION GVERIN DE BOVSCAL, nous a fait remonstrer qu'il a composé vn liure intitulé, *La Mort de Brute & de Porcie, ou, La Vengeance de la mort de Cesar*, qu'il desireroit faire imprimer & mettre en lumiere: Mais craignant qu'à son prejudice autres Imprimeurs que celuy qu'il a choisy pour cét effect, voulussent imprimer ledit liure, & l'exposer en vente. Il nous a tres-humblement supplié luy octroyer nos Lettres sur ce necessaires. A CES CAVSES, desirant fauorablement traicter ledit exposant, Nous luy auons permis & permettons par ces presentes de faire imprimer, faire vendre & debiter ledit liure en tous les lieux & terres de nostre obeyssance, par tels Imprimeurs, en telles marges & caracteres, & autant de fois qu'il voudra durant le temps & espace de neuf ans entiers & accomplis, à compter du iour qu'il sera acheué d'imprimer. Faisant deffences à tous Imprimeurs, Libraires & autres de quelques condition qu'ils soient, d'imprimer, vendre ny distribuer ledit liure sans le consentement de l'exposant, ou de ceux qui auront droit de luy en vertu des presentes, ny mesme d'en prendre le titre ou le contrefaire en telle sorte & maniere que ce soit soubs couleur de fauce marge ou autre déguisement, sur peine aux contreuenans de quinze cents liures d'amende, de confiscation des exemplaires contrefaits, & de tous les despens dommages & interests. A la charge d'en mettre deux exemplaires en nostre Bibliotheque, Et vn en celle de nostre amé & feal le Sieur SEGVIER Cheualier Chancelier de France, auant que de l'exposer en vente, suiuant nos Reglemens, à peine d'estre descheu du present Priuilege. Donné à Paris le vingt-troisiesme iour de Iuillet l'an de grace mil six cents trente-sept. Et de nostre regne le vingt-septiesme. Par le Roy en son Conseil, DE BEAVRAINS. Et sellé du grand seau de cire jaune.

ET ledit sieur de Bouscal a cedé & transporté le present Priuilege à Toussainct Quinet, Marchand Libraire à Paris, pour jouyr du contenu en iceluy, ainsi qu'il a esté accordé entr'eux par acte de seiziesme Ianuier 1637.

Acheué d'imprimer pour la premiere fois le 20. Feurier 1637.

Les exemplaires ont esté fournis.

ACTEVRS

BRVTE,

STRATON, Amy de Brute.

CASSIE,

PORCIE, Femme de Brute.

OCTAVE,

MARC-ANTHOINE.

TITINE,

PINDARE, Affranchi de Cassie.

DEMETRIE,

LA SVIVANTE DE PORCIE,

LES MESSAGERS.

LES CHEFS DE L'ARMEE DE BRVTE.

LES CHEFS DE L'ARMEE D'ANTOINE.

LE MEDECIN D'OCTAVE.

La Scene est en la plaine de Philipes en Macedoine.

LA VENGEANCE DE LA MORT DE CÆSAR.

PROLOGVE DE LA RENOMMEE.

ESPRISE d'vn ardent desir
De voir les veritables sources
Des grands sujets de tant de courses
Qui ne me laissent pas vn moment de loisir;
I'ay voulu descendre en ces lieux
Que des illustres demy Dieux
Signalent tous les jours par de nouueaux Oracles,
Où j'ay veu ce grand Roy, dont le nom seulement

Porte par tout l'estonnement,
Et force la Nature à souffrir de miracles.
Prés de luy cét esprit fameux,
Dont j'ay tant chanté les merueilles
Charmoit les yeux & les oreilles
Et faisoit confesser que tout luy doit de vœux.
Aussi confuse à cét aspect,
Mon front s'est couuert d'vn respect
Que jamais tous les Dieux n'auoiēt peu faire naistre,
Mes bouches ont perdu l'vsage de la voix,
Mon cor m'est eschappé des doigts,
Et j'ay repris mon vol sans me faire cognoistre.
Mais ayant rapellé mes sens,
Ie vay dire à toute la terre
Que dans la paix & dans la guerre
Ce Prince peut toujours brauer les plus puissans.
Tout tremble à ses moindres projets.
S'il vouloit gagner des sujets,
Et faire vne entreprise égale à sa puissance,
Malgré l'empeschement des peuples & des Rois,
Tous les hommes seroient François,
Les bords de l'Vniuers seroient ceux de la France.
Comme Alcide dans le berceau,
Forçant la foiblesse de l'âge
Estoufa la sanglante rage
Des serpents qui venoient le pousser au tombeau.

Ce Prince à peine auoit encor
Cét honorable chapeau d'or,
De qui toujours la peine est fidelle compagne,
Quand auec le flambeau de la rebellion
Il estouffa ce grand Lyon,
Qui pour le deuorer estoit venu d'Espagne.
Depuis ses plus charmans esbats,
Ont esté parmy les armées
A voir de bandes animées,
S'entreuerser le sang au milieu des combats:
Car cét ennemy conjuré,
Qui depuis long-temps a juré
De ne laisser iamais ses voisins dans le calme,
Donnant à ses desseins cent visages diuers,
A fait agir tout l'Vniuers
Pour despoüiller son front d'vne si belle palme.
Mais ce miracle des mortels.
Qui mille fois le iour m'oblige
A proclamer comme vn prodige
La moindre des Vertus qui luy font des Autels;
Par de moyens miraculeux
Preuit ses desseins frauduleux,
Et destourna si bien les coups de cét orage,
Que bien loing de l'effect qu'on s'en estoit promis;
Il tomba sur vos ennemis
Qui fremissent encor & de honte & de rage.

C'est icy, genereux François,
Que l'honneur de vostre patrie
Vous permet sans idolatrie
D'adorer en luy seul le soustien de vos lois.
Voyez ce grand Astre d'amour
Ne reposer ny nuict ny iour,
Et pour vous acquerir vne paix de durée,
Perdre tous ses plaisirs dans des soucis cuisans
Qui rendroient les Sceptres pesans
Entre les fortes mains d'Atlas & Briarée.
Voyez vostre Nef se vanter
Que sur l'Empire de Neptune,
Malgré les vents & la Fortune
Il n'est rien dont l'effort la puisse espouuenter.
L'ennemy fuit à son abord,
Elle a de tous costez le port,
La mer tout à l'entour ne monstre point de ride,
Iamais l'anchre ne fut en vn si Riche lieu,
Et cét illustre demy-Dieu
La boussole à la main la conserue & la guide.
Voyez vos ennemis domptez
En vos batailles signalées
Grauer dessus leurs Mausolées
La valeur de celuy qui les a surmontez.
Admirez que si l'Espagnol
N'eust pas voulu porter son vol

Sur les terres d'autruy, comme l'Aigle Romaine,
Les drapeaux que sur luy vous auez emportez,
Pourroient couurir de tous costez
Les steriles deserts de son petit domaine.
Admirez que dans le discort
Qui diuise l'Europe entiere,
Vous auez vne ample matiere
De mespriser les vents, & de dormir au port.
Qui diroit à voir vos esbats
Que dans de si sanglans combats
Les armes des François fussent interessées?
Si ie n'auois le soin de prescher en tous lieux
Qu'vn grand esprit aymé des Dieux
Vous fait jouyr en paix du fruict de ses pensées.
Puis tous d'vne commune voix,
Faites retentir dans les nuës
Combien ses vertus recogneuës
Portent haut la splendeur du Trosne de vos Roix.
Tous les peuples que le Soleil
Esclaire de son teint vermeil
Tremblent espouuantez au seul nom de la France;
Et l'orgueilleux Tyran des hardis Otthomans,
Conserue dans ses documens
Plus cher que le Croissant son serment d'aliance.
Ce grand esprit portant icy
La valeur des peuples de Thrace,

Y porta le Mont de Parnasse,
Apollon & ses sœurs le suiuirent aussy.
C'est là que quelquefois lassé
Du soin present & du passé,
Il voit auec plaisir grimper mille Poëtes,
Et ne desdaigne pas, tant son cœur est humain,
D'ouurir auec sa propre main
Des bouches qui sans luy demeureroient muetes.
I'ay sceu par vn de mes Couriers,
Que pour fuyr l'ingratitude,
On voit des fruicts de cét estude
Qu'on ne sçauroit payer auec mille lauriers.
L'vn fait voir Hercule enchanté
Par les charmes d'vne beauté
Negliger sa valeur ainsi que son espouse,
Et confesser enfin qu'estre victorieux
Des monstres les plus furieux
Est moins que de dompter vne femme jalouse.
L'autre nous monstre clairement
Dans la perte de Massinisse,
Que qui veut bastir sur le vice
Esprouue tot ou tard quel est ce fondement.
L'autre nous fait voir que l'amour
Desrobe le lustre & le jour
Aux belles actions d'vn Empereur de Rome;
Et l'autre nous monstrant vn Roy dans sa maison

Frustré de l'effect du poison,
Fait voir qu'est deuant Dieu la sagesse de l'hōme.
L'autre, du premier des Cæsars
Nous fit voir la fin deplorable,
Et combien il fut miserable
De ne mourir plustost au milieu des hazards.
Ce Prince l'honneur des guerriers,
Le front couronné de lauriers,
Fut de la trahison la sanglante victime,
Dans les pompes du Trosne il trouua le tombeau,
Son fauory fut son borreau,
L'injustice son Juge, & la vertu son crime.
Mes yeux apres ce coup fatal,
Firent l'office de mes bouches,
Et les ames les plus farouches
Pasmerent au recit d'vn crime si brutal.
Tout l'Vniuers alloit mourir
Quand le Ciel pour le secourir
Fit partir de ses mains vn equitable foudre,
Les plaines de Philippe en virent les effets,
Tous les meurtriers furent defaits,
Cæsar y triompha qui n'estoit plus que poudre.
Iamais vn plus beau chastiment
Ne tint la Iustice occupée:
Iamais on ne vit son espée
Abbatre de mutin plus equitablement.

Cét objet pleut tant à mes yeux,
Que j'arreste encore en ces lieux
Pour en voir le portrait sur ce fameux Theatre,
Où Brute & sa vertu confesseront en fin
Qu'à moins que d'vn coup du Destin,
Vn Trosne bien fondé ne se sçauroit abatre.

LA VENGEANCE DE LA MORT DE CÆSAR.

ACTE PREMIER.

SCENE PREMIERE.

BRVTE, STRATON, & deux Chefs de l'armée de Brute.

BRVTE.

QV'vn Estat est mal sain dans le siecle où nous sommes,
Lors qu'il n'a pour soustien que le grand nombre d'hommes,

Dont les desirs diuers par de diuers efforts
Au lieu de l'affermir desvnissent son corps.
Que je l'esprouue bien dedans cét auanture.
L'vn desire la paix escoutant la Nature,
Qui luy dit que ses fils condamnez à mourir
Auec ce seul moyen se peuuent secourir.
L'autre moins resolu de suruiure en esclaue,
Declame contre Anthoine, & fauorise Octaue,
Comme si nos fureurs auoient pour leur objet
Le vice des Tyrans & non pas leur projet.
Bref il en est bien peu que le seul honneur pique,
Qui ne soient animez que pour la Republique,
Et qui puissent gouster auec tranquilité,
Que nous deuons mourir pour nostre liberté.
Je m'asseure pourtant que nos Dieux tutelaires
Ayment trop l'equité pour nous estre contraires,
Et pour ne pas punir l'insolent attentat
Que ces ambitieux ont fait sur nostre Estat.
Il faut tout esperer d'vne juste entreprise,
Si l'honneur la produit, le Ciel la fauorise;
Et l'on doit s'asseurer d'estre victorieux,
Quand le droict qu'on soustient est la cause des Dieux.
Les Dieux seuls sont nos Rois, jugeans qu'il n'est point d'homme,
Qui puisse meriter leur Lieutenance à Rome,

Depuis que le Soleil n'esclaire rien d'humain
Qui ne doiue tribut à l'Empire Romain.
I'adore leurs Decrets, & mon ame flechie,
Se sous-met seulement à cette Monarchie;
Tout autre me desplait, & mon aduersion
Vient d'vn raisonnement exempt de passion;
Car vn peuple sousmis aux volontez d'vn Prince
Se descharge sur luy des soins de la Prouince,
Neglige sa valeur, cache ses actions,
Content de s'acquiter des obligations;
Parce que les exploits plus dignes de memoire,
Honorãt le seul Chef, laissent l'Autheur sans gloire;
Qui voit apres auoir vaillament combatu,
Qu'vn autre s'enrichit des fruicts de sa vertu.
Au lieu que sous les loix de la Democratie,
Chacun cherche l'honneur aux despens de sa vie,
Asseuré que toujours la generosité
S'y voit recompenser comme elle a merité.
Puis qu'à ce doux Estat nostre bon-heur nous range,
Il faut mourir plustost que de souffrir le change.
Ha! si tous les Romains combattoient cõme vous,
Que nostre Republique auroit vn sort bien doux,
Et qu'on verroit bien tost les desseins & l'armée
De nos pretendus Rois se reduire en fumée.
Aussi la recompense égalant le bien-fait,
Rendra dans peu de temps vostre bon-heur parfait.

I. CHEF.

L'honneur de vous seruir contre la tyrannie,
Couronne les Romains d'vne gloire infinie,
Dont le moindre rayon nous recompense assez,
Des soins de l'aduenir, & des trauaux passez,

BRVTE.

Allez donc dans le Camp, dites aux Capitaines,
Qu'on doit bien tost finir mes soucis & leurs peines,
Et que la liberté reprendra sa vigueur,
S'ils monstrent au combat qu'ils en ont dans le cœur.

SCENE II.

CASSIE, BRVTE, TITINE.

CASSIE.

R*Esolu qu'aujourd'huy la bataille se donne?*

BRVTE.

Ie croy que ce dessein ne déplaist à personne,
Et que les maux soufferts par le peuple Romain,
Nous preschent qu'il vaut mieux aujourd'huy que demain.

CASSIE.

Il me semblè pourtãt que tout nous peut permettre,
Sinon de l'euiter, au moins de la remettre,
Puis que tous nos amis n'ont point de sentimens
Pour s'opposer iamais à nos commandemens;
Et que les Citoyens touchez de mesme enuie
Déposent en nos mains le soucy de leur vie.

BRVTE.

Vn peuple va toujours, quelque aguerry qu'il soit,
A finir promptement les ennuis qu'il reçoit,
Aymant mieux pour treuuer le repos desirable,
S'exposer aux dangers d'vne fin lamentable,
Que de souffrir longs-temps au milieu des trauaux,
La funeste rigueur d'vne suite de maux,
Juge si nos Romains exilez de leur terre,
Et déja fatiguez d'vne si longue guerre,
Sçachant que le combat là doit faire cesser,
N'ont pas d'ardens desirs de le voir commancer.
Que si pourtant leur voix tesmoigne le contraire,
Elle dément leur cœur de peur de te déplaire.

CASSIE.

Il n'est rien de forcé dedans tous leurs discours.

BRVTE.

Le mal a trop duré, rompons icy son cours.
Cherchons nous le profit, ou bien la vaine gloire
De triompher des morts apres vne victoire?
Celle de rauager l'Empire des Romains,
Et de pouuoir agir auec cent mille mains?
Non, vn plus beau dessein nous fit prendre l'espée,
Nous voulons affranchir nostre terre occupée,
Restablir nos amis dans leur premier bon-heur,
Et monter au degré d'vn souuerain honneur,
Puis que l'occasion s'en offre si propice,
Faisons voir aujourd'huy quelle est nostre Iustice,
Et que ses fiers tyrans percez de mille coups,
Asseurent pour iamais nos libertez & nous.

CASSIE.

Dans vn si beau dessein mon amie interessée,
Par ton ressentiment explique ma pensée,
Tes desirs sont les miens, & celuy d'estre Roy
M'a toujours fait horreur aussi bien comme à toy;
Ie ne le puis souffrir, Nature la premiere
M'inspira cette haine auecque la lumiere,
Ma raison la receut, & depuis nos sermens
En ont authorisé les iustes mouuemens:
Mais ie ne sçay pourtant si cette impatience

D'aller voir l'ennemy, n'a point de l'imprudence,
Et si precipitant le dessein du combat,
Nous ne reculons point le bien de nostre Estat.

BRVTE.

Rome que ces meurtriers remplissent de carnage,
Nous demande secours, parle à nostre courage,
Et nous pouuons bien voir aux plaintes qu'elle fait,
Que le retardement le rendroit sans effet:
Ne le differons plus, secondons son attente,
Ranimons aujourd'huy la liberté mourante,
Redonnons au païs la vigueur de ses lois,
Secourir promptement, c'est secourir deux fois.

CASSIE.

Ta resolution si digne de loüange
Fait que contre mon cœur, ma volonté se range;
Combattons donc, cher Brute, & dans le Champ de Mars,
Aussi bien qu'au Senat, poignardons des Cesars.

BRVTE.

Mes moindres mouuemens feront toujours connoistre,
Que ie cherche à mourir pour n'auoir point de Maistre.

CASSIE.

Et les miens feront voir, quoy qu'il faille tenter,
Que ce bras n'eſt armé qu'afin de l'éuiter.

BRVTE.

Adieu donc, l'heure preſſe, il faut que ie m'en aille
Minuter en repos l'ordre de la bataille.

SCENE III.

CASSIE, TITINE.

CASSIE.

C'*Eſt bien contre mon cœur qu'auec ſi peu de mains,*
Nous allons hazarder le ſalut des Romains:
Mais Brute en ſes diſcours, a ie ne ſçay quels charmes,
Qui forcent la raiſon à luy rendre les armes;
Ie conſens au combat malgré mon ſentiment,
Et ie crains la rigueur d'vn triſte euenement.

TITINE.

TITINE.

Les Dieux seront pour nous, s'ils sont pour la Iustice,
Leur bonté ne sçauroit fauoriser le vice,
Et i'espere aujourd'huy que tous nos differens
Rencontreront leur fin dans celle des Tyrans.

CASSIE.

La cause la plus juste est bien souuent trompée,
Et j'en prens à tesmoin la perte de Pompée.
Ce n'est pas que mon cœur se forme de soupçons
Que nous n'obtiendrons pas ce que nous pourchassons;
Mais alors qu'il s'agit de l'Empire de Rome,
Il est bien mal-aisé de ne point parestre homme,
Et dans l'Estat flotant de nostre liberté,
L'asseurance me semble vne stupidité.

TITINE.

Pompée auoit pour but d'assujettir l'Empire,
Et ce mauuais dessein luy fit auoir du pire.

CASSIE.

On ne l'a jamais sceu que par presomption.

TITINE.

Les Dieux dedans son cœur lisoient sa passion,
Rien ne se peut cacher à ces grandes lumieres,

CASSIE.

C'est assez disputé sur ces vaines matieres,
Il est temps de songer que nous deuons ce iour
Faire voir des effets & de haine & d'amour.

SCENE IV.

BRVTE, son mauuais Genie.

BRVTE.

I'Auray la pointe droite, & ma Caualerie
Essuyera des traits la premiere furie,
Massala la doit suiure auec vn peloton,
Qui sera soûtenu par celuy de Straton:
Et pour perdre en vn iour tyrans & tyrannie;
Mais qu'est-ce que ie voy?

LE GENIE.

C'est ton mauuais Genie.

Qui te vient aduertir que dans fort peu de temps
Tu le pourras reuoir parmy les combatans.

BRVTE.

Hé bien, nous t'y verrons, ie veux cõbatre Octaue,
Et faire d'vn Roy feint vn veritable esclaue;
Caßie aura la gauche, & le soin d'ordonner
Comme on s'y conduira quand il faudra donner.
Mais déja le Soleil vient esclairer la terre
Pour commancer le iour qui doit finir la guerre;
Allons voir nos Soldats, & mettre dans leurs cœurs
Le desir de mourir ou de viure vainqueurs.

SCENE V.

PORCIE, BRVTE.

PORCIE.

TV vas donc au combat?

BRVTE.

La liberté m'appelle,
Et ie serois content de m'immoler pour elle,

Si je pouuois sçauoir ma Porcie en repos,
Loin des troubles que Mars

PORCIE.

Brise là ce propos,
Il choque ma vertu qui seroit offensée
S'il estoit aprouué d'vne seule pensée;
Quoy! Brute doute encor que mon affection
Ne soit pas au degré de la perfection:
Du repos loin de luy, sans qui mesme la vie
Ne sçauroit me durer que contre mon enuie.
Ha! c'est trop, & ce coup me touche plus le cœur.
Que la crainte de voir nostre ennemy vainqueur.
La fille de Caton nasquit parmy les armes,
Les horreurs des combats ont pour elle des charmes;
Et son repos s'y treuue ainsi qu'en tous les lieux,
Où Brute luy paroist fauorisé des Dieux.
Que le Ciel conjuré se range pour Octaue,
Que le peuple Romain demande d'estre esclaue,
Que par ces changemens l'espoir te soit osté,
De restablir jamais l'antique liberté.
Qu'apres estre bannis de nostre chere terre,
Tout l'Empire assemblé nous declare la guerre,
Et que tous les malheurs accompagnent nos pas,
Si je suis auec toy, je ne me plaindray pas.

BRVTE.

Que percé de cent coups au milieu des batailles,
Le vainqueur insolent m'arrache les entrailles;
Si tu vis pour chanter l'honneur de mon trespas,
Fut-il plus violent, ie ne me plaindray pas.

PORCIE.

Que nos cruels Tyrans par de nouuelles gesnes
Portent au plus haut point leur rigueur & mes peines;
Si ie puis par ma mort t'exempter du trespas,
I'en atteste le Ciel, ie ne me plaindray pas.

BRVTE.

Si ie pouuois treuuer dans le sort de la guerre,
Auecque ton repos celuy de nostre terre,
Deusse-je, pour vn seul, souffrir mille trespas,
Ie seray satisfait, & ne me plaindray pas.

PORCIE.

Quand Rome reprendroit cette grande puissance
Qui rangea l'Vniuers sous son obeïssance,
Si nous deuions ce bien à la fin de tes iours,
Ne pouuant pas mourir, ie me plaindray toujours.
Ne me commande pas de conseruer la vie,

Si nostre malheur veut qu'elle te soit rauie,
Icy l'obeissance excede mon pouuoir,
Et la necessité m'enseigne mon deuoir;
Ouy, Brute, ton trespas rend le mien necessaire,
Soit pour me deliurer des mains de l'aduersaire,
Soit pour ne faire pas vn prodige nouueau;
Laissant durer vn corps dont l'ame est au tombeau,
Ou bien pour te monstrer que cessant d'estre libre,
La fille de Caton perd le pouuoir de viure.

BRVTE.

Tant de rares vertus auroit bien merité
Dans vn siecle plus doux vn sort plus arresté;
Si la raison sçauoit balancer toutes choses,
Iamais aucun soucy n'eust approché tes roses;
Et toujours les douceurs de mille doux plaisirs
Eussent charmé tes sens, & passé tes desirs;
I'espere toutefois qu'vne bonté supreme
Reserue à nos trauaux cette faueur extreme.
Qu'vn iour victorieux & triomphans des Rois,
Rome nous nommera protecteurs de ses lois,
Alors tous nos malheurs auront trouué leur terme,
Alors nostre repos n'aura rien que de ferme;
Alors ne craignant plus pour nostre commun bien,
Iamais mon sentiment ne choquera le tien,
Alors les Dieux benins, pour nous combler de joye,

Ne feront à nos iours qu'vne trame de soye,
Et quand leur prouidence en coupera le cours,
Nos noms & nos vertus demeureront tousiours.
Cependant, mon cher cœur, permets que ie m'en aille
Disposer mes soldats à donner la bataille,
L'heure me presse, adieu.

PORCIE.

Va donc, mon cher soucy,
Certain que si tu meurs ie veux mourir aussi.

SCENE VI.

PORCIE, sa Compagne.

PORCIE.

D*Onques les bras croisez en ce malheur extresme*
Ie me voy sans rougir differente à moy mesme?
Doncques ma lascheté m'oste le souuenir
Que Brute ce heros vient de m'entretenir!
Arrestez-vous mes pleurs, son adorable image
Vient defendre à mes yeux de vous donner passage,
Et vous, tristes souspirs, tesmoins de mon soucy,
Cedez à la vertu qui vous bannit d'icy,

Mais non, n'escoustez point ma requeste importune,
La vertu se plaindroit en pareille fortune.
Ie voy tout ce que i'ayme en danger auiourd'huy,
Brute & la liberté qui ne vit plus qu'en luy;
Toutesfois banissons ce mouuement de femme,
Ma naissance suffit pour instruire mon ame,
En vain irois-je ailleurs rechercher vn patron,
C'est assez que ie suis la fille de Caton,
Sus donc faisons paroistre à nos trouppes fidelles
Que ie brusle d'ardeur de combattre pour elles,
Et qu'auec son portraict mon pere a mis en moy
Vn desir violent de n'auoir point de Roy;
Monstrons que dans le choc des plus rudes alarmes
Ie sçay verser du sang aussi bien que des larmes,
Allons brauer la mort au camp des ennemis,
Et vengeons auiourd'huy les maux qu'ils ont commis:
Il ne m'importe point d'obtenir la victoire,
Mon sort est asseZ beau, ie n'ay que trop de gloire
Pourueu que combattant pour le peuple Romain
Ie meure comme Brute vne espée à la main:
Toy ne trauerse point ce conseil salutaire,
Aussi seroit-ce en vain qu'on m'en voudroit distraire,
Il est grand, il est iuste, & selon la saison.

LA COMPAGNE.

Mais vous ne dites pas qu'il choque la raison,

Madame.

Madame, moderez cette boüillante rage,
Pour mieux voir le danger où vostre esprit s'engage:
Quoy! sommes-nous tombez en de si foibles mains,
Que vous n'esperiez rien du salut des Romains?
Brute auroit-il perdu son courage heroïque?
Et ne pourroit-il rien pour nostre Republique?
Non, il est toujours Brute, & comme ses parens,
Il ne s'arme iamais sans chasser des Tyrans;
J'espère quand à moy qu'il aura la victoire,
Mais vostre grand dessein que sert-il à sa gloire?
Et si l'executant vous rencontriez la mort,
N'auroit-il pas sujet de blasmer vostre effort?

PORCIE.

On peut bien sans mourir suiure cette entreprise.

LA COMPAGNE.

Mais si Brute mouroit, & que vous fussiez prise,
Que tout fut en butin aux Tyrans inhumains,
Quel regret auriez-vous de vous voir en leurs mains?
Et sans pouuoir mourir vous sçauoir condamnée,
D'estre dans vostre ville en triomphe menée?
Le penser seulement me fait trembler d'horreur,
Pour gauchir cét escueil, calmez vostre fureur.

Madame & si le Ciel vous donne du courage,
Tesmoignez-en la force à brider vostre rage:
Endurez sans vous plaindre, & que jamais vos pleurs,
Ny vostre desespoir m'expriment vos douleurs:
C'est la lice d'honneur où la vertu s'espreuue,
Et le port plus certain où le repos se treuue:
Outre que si le Ciel vous mal-traitte aujourd'huy,
Vous aurez plus de droict de vous plaindre de luy.

PORCIE.

En fin à tes raisons ma fureur diminuë,
Comme aux rais du Soleil l'espesseur d'vne nuë,
Ie me laisse emporter à tout ce que tu veux,
Allons à Iupiter faire offre de nos vœux;
Et si nous le trouuons encor inexorable
A soulager les maux d'vn peuple miserable;
Ie sçay depuis long-temps quel sera mon deuoir,
Mais qu'vn courroux sied mal lors qu'il est sans pouuoir!

ACTE SECOND.

SCENE PREMIERE.

MARC ANTHOINE, LVCILLE, & deux de ses Chefs.

MARC ANTHOINE.

PVIS que c'est aujourd'huy qu'vn destin fauorable,
Nous promet de venger ce crime detestable,
La mort du grand Cæsar, le Phœnix des guerriers,
Prodiguons nostre sang pour gagner des lauriers,
Monstrons à ce Heros dans sa beatitude,
Que nous voulons mourir exempts d'ingratitude,
Et que iamais la paix n'esteindra nos combats,
Que plustost on n'ait mis tous ces meurtriers abas,
Quand Rome verseroit vn Ocean de larmes,
Qu'vn deüil perpetuel terniroit tous ces charmes,
Et que ses Citoyens n'y sçauroient plus rien voir,

Que de tristes objets couuerts d'vn crespe noir,
Ce seroit laschement honorer la memoire
De ce grand demy Dieu qui la combloit de gloire,
Qui maintenoit la paix dans vn si vaste corps,
Et parmy les plus grands des merueilleux accords.
En vain nos conjurez vantans la Republique,
Taxent la Royauté d'vn pouuoir tyrannique.
Il est vray qu'vn Estat qui se veut agrandir
Contre la Royauté, se doit toujours roidir:
Mais lors qu'il ne peut plus estendre son Empire,
Il faut qu'à ce bon-heur tout son effort aspire,
Comme le seul qui peut maintenir son pouuoir,
Et contenir les grands aux termes du deuoir.
Que si l'ambition dans son impatiance
Par vn ingrat effort foule cette puissance,
Dés l'heure il est perdu, son bras deuient perclus.
Et cessant d'obeir, il ne commande plus.
Nostre Rome à ce point auoit besoin d'vn Maistre,
Et les euenemens nous le font bien connoistre,
Les peuples rebellez depuis cét attentat
Démembrent tous les iours les biens de son Estat:
Et comme nos desirs, nos forces diuisées,
Leur rendent contre nous les victoires aisées.
Ha! Brute desloyal, qu'auec peu de raison
Tu fondas le projet de cette trahison:
Tu deuois dire au moins la cause de ta plainte,

La bonté de Cæsar l'auroit bien-tost esteinte,
Et ton ressentiment eust esté satisfait,
Sans faire voir au iour vn si semblable effet,
Tu pouuois disposer de toute sa puissance,
Il n'eust iamais pour toy que de la complaisance;
Mesme iusqu'à ce point, qu'apres mille forfaits
On te pouuoit nommer l'objet de ses biens-faits:
Et tu meurtris encor ce Prince debonnaire,
Qui t'appelant son fils, se monstroit plus que pere:
Et regarde couler ce beau sang sans effroy,
Alors que ton poignard en rougissoit pour toy.
O temps! ô meurs! ô Dieux peu reuerés dans Rome!
O crisme d'vn Démon bien plûtost que d'vn homme!
Les autres conjurez, ont-ils eu moins de tort?
Cæsar les a sauuez, ils nous donnent la mort;
Semblables aux serpens qu'on voit en la Libye,
Qui tuent en naissant les autheurs de leur vie.
Ha lasches! si le Ciel a quelque soin de nous,
Vous sçaurez ce que peut sa haine & mon courroux.
Il n'a point fait de loy contre l'ingratitude,
Car la punition n'en peut estre assez rude:
Mais pourtant ie feray par mes inuentions
Vn juste chastiment de cent punitions.
Iamais les Dieux n'ont veu vengeance plus entiere,
Ma fureur s'esteindra plus tard que la matiere;

Les Manes de Cæſar en ſeront ſatisfaits,
Mais il eſt déja temps de paſſer aux effets.
Sus donc, braues Romains, chers enfans de Bellonne,
Si vous voulez gagner l'honneur d'vne Couronne,
Secondez mon deſſein, qui juſte autant que beau,
Meſme apres noſtre mort, nous ſauue du tombeau.

I. CHEF.

Nous n'auons pas plûtoſt reſolu de vous ſuiure,
Que de venger Cæſar ou de ceſſer de viure,
Ainſi ne craignez pas qu'on ne iuge aujourd'huy
Qu'encore apres ſa mort nous combatons pour luy.

II CHEF.

Les effets feront voir aux deſpens de ma vie,
Que mon cœur à ce bras inſpire meſme enuie,
Cæſar merite bien de voir venger ſes coups,
Et qu'on meure pour luy, puis qu'il eſt mort pour nous.

III. CHEF.

Braue & vaillant Cæſar, dont la mort auancée
Ne m'entretient iamais ſans bleſſer ma penſée;
Tu connoiſtras bien-toſt le deſſein que i'ay fait,
D'affronter les dangers pour te voir ſatisfait.

MARC-ANTHOINE.

Mon cœur apres cela ne voit rien qu'il ne braue.

SCENE II.

MARC-ANTHOINE, le Medecin d'Octaue.

MARC-ANTHOINE.

MAis que voudroit de nous le Medecin d'O-
ctaue,
Son mal depuis hier seroit-il augmenté?

VN DE LA SVITE D'ANTHOINE.

Ie viens de le quiter en meilleure santé.

LE MEDECIN.

Si quelque bon succez nourrit ton esperance,
Change la desormais en parfaite asseurance,
Ie te viens anoncer de la part des Destins,
Que les Dieux sont pour nous, & contre ses mutins.
Pendant l'obscurité de la nuict precedente
Ie resuoy dans mon lict sur la guerre presente,
Attendant doucement qu'vn sommeil gracieux

M'eust ouuert le repos en me fermant les yeux,
Quand tout à coup l'esclat d'vne grande lumiere
A brillé dans ma tante, & frapé ma paupiere;
Pour en depeindre icy les plus petits rayons,
Ie n'ay dans mes discours que des foibles crayons:
Il suffit que les feux les plus beaux de la terre,
Les esclairs lumineux qui partent du Tonnerre,
Le Celeste flambeau qui donne la clarté,
Au pris de celle-la ne sont qu'obscurité:
Ie n'ay pas plutost veu cette flamme impreueuë,
Que i'ay senty mourir l'vsage de la veuë,
Ma langue s'est noüée, & tous mes sens perclus;
Ont exprimé l'estat d'vn homme qui n'est plus;
Mon esprit toutefois exempt de cette crainte
Au milieu des rayons, dont ma tante estoit peinte,
A veu la Majesté d'vne troupe de Dieux,
Et conneu par ces mots, cõme l'on parle aux Cieux,
« Amis du grand Cesar vos victoires sont prestes,
«Le Ciel est sur le point de couronner vos testes.
«Et redonner la vie à l'Empire Romain;
« Cependãt leurs Decrets qui n'ont rien que de graue
« Pour destourner les maux qui menassent Octaue,
« Veulent qu'au Camp d'Anthoine on le porte demain.
La fin de ces discours a chassé ces lumieres,
Et remis dans mes sens leurs fausseteZ premieres,

Leur laiſſant toutefois quelque rauiſſement
Dans la reflexion de cét eſuenement;
Reçoy donc cét aduis, & que ton ame inſtruite
Donne vne loy certaine à ta ſage conduite.

MARC ANTHOINE.

Il eſt trop important pour eſtre à negliger,
Allons, le temps eſt court, il le faut meſnager.

SCENE III.

BRVTE, ſes Soldats.

BRVTE.

EN fin, braues Romains, voicy l'heure oportune
Qu'on doit voir la Vertu ſurmonter la Fortune,
Et qu'il faut teſmoigner & de cœur & de mains,
Qu'on nous donne à bon droict le tiltre de Romains;
Voicy le iour heureux que l'on doit voir bannie
Par la mort du Tyran l'infame tyrannie,
Et qu'vn chacun de nous doit porter dans le ſein
L'eſpoir de triompher en vn ſi beau deſſein:
Car ſi le ſeul effort de maintenir ſa gloire

Fait mesme dans la mort rencontrer la victoire,
Nous deuons aujourd'huy l'esperer beaucoup mieux,
Puis que nous combatons pour Rome & pour ses Dieux.
Quoy Rome endurera qu'vn homme la maistrise?
Elle à qui l'Vniuers a rendu sa franchise,
Et nous ces Citoyens qu'elle fit naistre Rois,
Suiurons vn Empereur & de nouuelles lois?
Mourons, mourons plûtost que d'encourir ce blasme,
La mort n'a rien de dur que ce qu'elle a d'infame.
Vn corps extenué, dont la pasle couleur
Represente à nos yeux l'image du malheur;
Les habits & les pleurs d'vn amy pitoyable,
A de timides cœurs la rendent effroyable:
Mais comme auec raison on blasmeroit la peur
Qu'vn hōme conceuroit pour vn masque trompeur;
C'est exposer son ame à des justes censures,
De craindre de mourir pour des larmes futures.
La mort est naturelle, & ie ne pense pas
Qu'on ne souffre en naissant comme on souffre au trespas;
Encore nostre mort doit estre moins à craindre,
Qui nous laisse vn renom qui ne se peut esteindre.
Celuy-la vit toujours parmy les gens d'honneur,
Qui meurt en combatant pour le commun bon-heur;
Imitons en cela nos valeureux ancestres,

Que Rome a veu mourir pour n'auoir point de
Maistres:
Et celuy qui domptant la Nature & les Rois,
Immola ses enfans à l'honneur de nos lois.
C'est vn trop haut dessein pour la puissance humaine,
De soustenir le vol de nostre Aigle Romaine;
Rome donne des loix, & n'en peut receuoir,
De peur que la vertu n'y perde son pouuoir:
Car vn peuple abattu sous vn honteux seruage
Relasche tous les iours de l'ardeur du courage:
Et comme le lyon qui se laisse enchaisner,
Il perd dedans les fers le soin de dominer.
Ie tire aussi de là l'esperance certaine
De nous voir aujourd'huy Maistres de cette plaine,
Puis que tous les Romains qui voudroient l'em-
pescher
Sont esclaues, chetifs, & prests à se cacher:
Outre que les exploits presque au delà de l'homme
Se sont faits seulement en combatant pour Rome;
Car les Dieux qui l'ont mise en leur protection
Assistoient les autheurs dans leur affection.
Mais depuis que l'orgueil a bouffi le courage
De ceux qui pouuant tout, ont voulu dauantage,
Et fait qu'encontre Rome ils se sont rebellez,
On n'en a iamais veu des actes signalez,
Sinon quand de nos Dieux la sagesse supresme

Arma leurs propres mains pour se defaire eux-
mesmes;
Et que dans ce combat si triste & si mortel
L'vn d'eux fut la victime, & Pharsale l'autel:
Car lors pour espargner les coups de nostre espée,
Le Ciel fit que Cæsar nous sauua de Pompée,
Sçachant que son orgueil apres vn tel effort
Le precipiteroit dans les mains de la mort,
Et que contre ceux-cy nos forces reposées
Pourroient trouuer apres des routes plus aisées.
Mais ie raisonne en vain, que sert-il de parler?
Vous courez au combat, vous y voulez voler;
Et malgré les efforts des troupes infidelles,
Esteindre dans leur sang le feu de nos querelles,
Sçachant qu'vn braue cœur ne peut iamais perir
Dedans le beau dessein de vaincre ou de mourir.
Et bien, allons amis, certains que nostre gloire
Remplira l'Vniuers apres cette victoire,
Si tous d'vn mesme accord nous y voulons courir
Auec ce beau dessein de vaincre ou de mourir,
Le Demon qui regist le sort de nostre Empire,
Ne souffrira iamais que nous ayons du pire,
Et de tout son pouuoir nous viendra secourir,
Si nous auons dessein de vaincre ou de mourir;
Les vœux que le Senat pousse en cette occurance
Verront recompenser leur sainte violance,

Et tant de pleurs qu'il verse en fin pourront tarir,
Si nous auons dessein de vaincre ou de mourir,
Que si trop longuement ie parle en cette sorte,
C'est l'amour du païs qui me presse & m'emporte,
Resistons luy pourtant, & sans plus discourir,
Qu'il agisse au dessein de vaincre ou de mourir.

I. CHEF.

Quand le ressentiment des libertez rauies
Ne nous forceroit pas à prodiguer nos vies,
Ton discours sur mon cœur a fait vn tel effort,
Qu'il me tarde déja d'estre vainqueur ou mort.

II. CHEF.

De moy quelques succez que le Ciel nous prepare,
La constance toujours me seruira de phare,
Et malgré les escueils ie trouueray le port
Dans cét ardent desir d'estre vainqueur ou mort.

III. CHEF.

Vos desirs sont les miens apres ce qu'a dit Brute,
Il n'est rien que ie n'ose & que ie n'execute;
L'honneur, la liberté, Rome, l'Estat mal sein,
Tout nous porte aujourd'huy dans vn si beau dessein,

BRVTE.

Ie voy ces lasches cœurs qui rougissent de honte,
D'auoir de leur honneur tenu si peu de compte;
Mais il est déja temps que chacun à son rang
Aille faire rougir ses armes de leur sang.

SCENE IV.

PORCIE, sa Compagne.

PORCIE.

DEmons qui conduisez l'ordre des Destinées,
Si Rome doit flechir sous le joug des Tyrans,
Commandez à la mort de trancher mes années,
Ou me donnez le cœur d'imiter mes parens.
Rome qui commandois ce que le monde enserre,
Voudrois-tu subsister apres cét accident?
Abysme toy plûtost au centre de la terre,
Cét effort genereux te sauue en te perdant.
Demoly les Autels de ces Dieux de fumée,
Que leurs Temples brisez tesmoignent aux Neueux
Qu'apres auoir en vain leur force reclamée,
Tu sceus venger au moins la perte de tes vœux.

Tyrans presomptueux dont l'audace effrontée
S'efforce d'vsurper vn bien si precieux,
Vous courez obstinez au feu de Promethée,
Qui doit faire rougir vos cœurs ambitieux.
Et moy dois-je douter qu'apres vn coup si rude
Rien me puisse empescher de courir à la mort,
Si mon pere fuyant la mesme seruitude
Malgré tous ses Soldats fut maistre de son sort.

SCENE V.

LA COMPAGNE, PORCIE,

LA COMPAGNE.

MAdame, en cét instant tous les Soldats en armes
Commencent le combat qui doit finir vos larmes;
On n'entend rien que cris & que gemissemens,
Vous diriez que le Ciel confond les Elemens:
Les traits volans en l'air par vn confus rencontre
Empeschent le Soleil de voir ce qu'il nous monstre:
Déja venus aux mains, les nostres plus hardis
Tesmoignent d'estre encor ce qu'ils furent jadis,

S'il vous plaist de les voir, vous le pourrez sans peine,
Du haut de ce rocher qui commande à la plaine,
I'en viens tout maintenant pour vous en aduertir,
Croyant que cét objet vous pourroit diuertir.

PORCIE.

Obseruez sans danger l'ordre des deux armées,
Par la haine & l'honneur au combat animées,
C'est vn plaisir fort doux dans vn cœur arresté,
Qui voit sans interest l'vn & l'autre costé:
Mais represente toy la course vagabonde
D'vn vaisseau que deux vents balottent dessus l'onde,
Et tu verras l'estat d'vn courage offensé,
Qui dans l'vn des partis se trouue interessé;
Suiuant que l'ennemy s'auance ou qu'il recule,
Tantost la peur le glace, ore l'espoir le brusle,
Il attaque, il defend, & pour ferme qu'il soit,
Il est aussi flotant que le combat qu'il voit.

LA COMPAGNE.

Vn esprit du commun pourroit souffrir à l'heure;
Mais le vostre, Madame, a la trempe meilleure,
Outre que s'il faut croire aux promesses des Dieux,
Vous verrez aujourd'huy Brute victorieux.

PORCIE.

PORCIE.

Les Dieux me sont suspects depuis que leur cholere
En faueur d'vn Tyran arma contre mon pere;
Allons y toutefois, & par nos actions
Tesmoignons qu'vn grand cœur dompte ses passions.

ACTE TROISIEME.

SCENE PREMIERE

CASSIE, TITINE, PINDARE, DEMETRIE.

CASSIE.

C'EN est fait, chere Rome, il faut rendre les armes,
Et tascher d'espargner ton sang auec tes larmes;
Il faut s'humilier aux pieds d'vn Empereur,
A ce nom seulement ie frissonne d'horreur:
Mais quoy le sort le fait, ce grand Maistre des choses

Veut voir ton changement dans ses metamorpho[illegible]
Flechy donc, grande Reyne, & ne t'offenses pas
D'vn conseil que ie donne, & que ie ne prens pas,
Mon dessein y resiste, & ie veux mourir libre,
Puis qu'il plaist au Destin que ie cesse de viure;
Mais apres vn eschet si grand & si fatal
N'idolastre iamais les autheurs de ton mal,
Tesmoigne leur plûtost qu'il n'est rien de si rude
Que le joug insolent qui fait ta seruitude;
Et peut-estre qu'vn iour Brute ressuscité
Te rendra le bon-heur auec la liberté:
Et vous, mes chers amis premiers dans mon estime,
Monstrez en cét endroit que l'honneur vous anime,
Et que l'injuste effort d'vn insolent vainqueur
Ne vous a pas osté la force ny le cœur:
Mais sur tout que la foy que vous m'auez jurée
Au dela du bon-heur peut porter sa durée;
Ie ne desire pas que vous trempiez vos mains
Dans le barbare sang de nos Tyrans Romains:
Ie ne demande pas que vous alliez en Thrace
Pour refaire vne armée, & choquer leur audace;
Ce seroit vainement heurter contre le sort,
Mais ie veux seulement qu'on me donne la mort,
C'est par cette action que ie dois reconnoistre
Qui de vous ayme mieux le salut de son Maistre:

Comment à ce discours vous changez de couleur,

TITINE.

C'est trop precipiter vn extreme malheur,
Que sçait-on si le Ciel a Brute fauorable,
Vous reserue à tous deux vn sort plus honorable.

CASSIE.

Mais d'ailleurs que sçait-on si mort cõme vaincu
Il ne me blasme point de l'auoir suruescu?

TITINE.

Ces soupçons esclaircis i'offre vous satisfaire,
Cependant laissez moy le soin de cét affaire,
Ie m'en vay dans son camp, & si ie ne meurs pas
Vous apprendrez bien-tost sa vie ou son trespas.

CASSIE.

Tu hazardes beaucoup.

TITINE.

Nul danger n'espouuante
Ceux qui sont pour Caßie & pour Rome mourante.

PINDARE.

I'approuue ce conseil.

DEMETRIE.

Et ie l'estime aussi.

CASSIE.

Va donc, mais souuien toy que ie t'atens icy.

TITINE.

La mort seule pourra me fermer le passage.

CASSIE.

I'estime fort Titine, il est vaillant & sage,
Mais cependant gagnons le haut de ce rocher,
Pour mieux voir si quelqu'vn nous voudroit ap-
procher.

SCENE II.

BRVTE, & deux autres.

BRVTE.

LEs Tyrans sont vaincus, & nostre chere terre
Va trouuer son repos dans la fin de la guerre;
Vn injuste dessein ne se peut maintenir,

Les Dieux sont bien clemens, mais ils sçauent punir:
Jusqu'icy nos Tyrans enflez de vaine gloire,
Ont creu de gagner tout auec cette victoire,
Et nos pauures Romains non sans grande raison,
Ont creu de rencontrer chez eux vne prison:
Mais aujourd'huy le Ciel pour terminer nos plaintes,
Rabat leur esperance, & dissipe nos craintes.
Octaue dans son lict a trouué le tombeau,
Indigne qu'il estoit d'vn traitement plus beau;
Et la pluspart des siens estendus sur la poudre,
Ont creu que Iupiter nous aydoit de sa foudre.
Caßie a...

I. CHEF.

L'vn des siens s'en vient parler à vous.

SCENE III

BRVTE, TITINE.

BRVTE.

L*Es Tyrans sont vaincus,*

TITINE.

Ils sont vainqueurs pour nous.

BRVTE.

O Dieux iustes & bons! est-ce donc la coustume,
De ne gouster iamais de bien sans amertume?
Mais Cassie...

TITINE.

Il attend apres vostre secours,

BRVTE.

D'où prouient ce malheur, fay nous en le discours.

TITINE.

Soudain que le signal fit partir nos armées,
On les vit pesle & mesle au combat animées;
Car l'honneur excité par le feu du courroux,
Les faisoit à l'enuy precipiter aux coups;
Nostre Chef le premier au milieu de la presse
Estale sa valeur, signale son adresse:
L'ennemy voit par tout des effets de son bras,
Et la mort suit toujours la trace de ces pas;
Chacun à son exemple alume son courage,
Auec tant de ferueur, qu'il va iusqu'à la rage.

L'ennemy s'en estonne, & son esprit en deüeil
Tremble que ces desseins ne trouuent vn escueil:
La mort volle par tout, le sang auec les larmes
En mille endroits diuers se mesle en ces alarmes.
Tout fremit, tout se plaint, les morts & les blessez,
Gisent confusement l'vn sur l'autre entassez.
Dans ce sanglant carnage icy l'vn s'euertuë
D'arracher de son corps la fleche qui le tuë;
Et là l'autre retient par de foibles efforts
Son sang que mille coups font sortir de son corps.
Nous nous vantions déja d'vne heureuse victoire,
Quand l'ennemy fasché de voir perdre sa gloire,
Et de se voir presser auec tant de fureur,
Ralume dans le sang sa premiere vigueur:
Ce fut lors que la mort en mille endroits pressée
Se craignist elle mesme, & fut souuent blessée.
Ce fut lors que l'Enfer fit voir en abregé
Ce qu'il a de plus noir & de plus enragé.
Ce fut lors qu'on craignit que le Ciel en colere
Voulut noyer de sang l'vn & l'autre Emisphere,
Et que Bellonne mesme herissant ses cheueux
Arresta sa fureur pour recourir aux vœux:
L'asseurance & la peur à trauers la fumée
Repasserent cent fois de l'vne à l'autre armée,
Et la victoire errant en ce danger mortel
Douta qui resteroit pour luy faire vn Autel.

Fort long-temps ce combat dura de cette sorte,
Sans que l'vn soit vainqueur, ny que l'autre l'emporte:
Mais en fin nos Soldats se sentans fort pressez,
Et des premiers efforts extremement lassez;
Maigré tous les conseils que nostre Chef leur donne
Laissent choir en fuyant leur premiere Couronne,
L'ennemy les poursuit, & peint auec leur sang,
En mille, en mille endroits la honte sur leur flanc,
Iusqu'à ce que craignant qu'ils tournassent visage,
Et que le desespoir leur rendit le courage,
Anthoine commandat que l'on se retirat,
Content d'auoir gagné la place du combat:
Caßie craint depuis qu'vne mesme auanture
Vous ait fait dans le sang trouuer sa sepulture,
Ou que pour eschaper aux Tyrans des Romains,
Vous ayez contre vous armé vos propres mains:
C'est pourquoy son esprit touché de mesme enuie,
A destiné ce iour pour la fin de sa vie;
Et si vous desirez d'auancer son trespas,
Il faut partir bien-tost, & marcher à grands pas.

BRVTE.

La nonchalance icy seroit bien criminelle,

TITINE.

TITINE.

Ie m'en vay luy porter cette heureuse nouuelle.

BRVTE.

Nous te suiurons de prés, ie voy dans ce malheur
Que iamais le plaisir ne va sans la douleur,
Ie ne crain pas pourtant que l'ennemy se vante,
Ny que pas vn de vous en prenne l'espouuante;
Puis qu'en comparaison de la perte qu'il fait
La nostre mediocre est vn gain en effet,
Mais il est déja temps que i'aille vers Caßie,
Remettant à tantost l'heure de voir Porcie.

SCENE IV.

CASSIE, PINDARE, ET DEMETRIE.

CASSIE.

OVoy, ie voy l'ennemy qui s'en vient à grands pas,
Et vous voulez encor differer mon trespas?
Vous n'aimastes de moy que ma bonne fortune,
Car depuis mon malheur, ma voix vous importune;

Le soin de m'obeïr ne vous semble plus cher,
Et vous estes pour moy plus durs que ce rocher:
Ingrats à quel dessein, est-ce pour me remettre
Es mains de l'ennemy, & me donner vn Maistre?

PINDARE.

Vous soupçonnez à tort nostre fidelité,
Mais ce trespas me semble vn peu precipité,
Titine.

CASSIE.

Ha! ce seul nom m'est vn sujet de rage,

PINDARE.

Qui reuiendra bien-tost calmera cét orage.

CASSIE.

Ie l'ay precipité dans l'excez du danger,
Mais bien-tost par ma mort il se verra venger.
Sus donc, ne tardez plus, contentez mon enuie,
Vous me tuez cent fois en me donnant la vie.
Quoy, vous baissez les yeux, mouuemẽs imparfaits,
Demetrie, Pindare, où sont donc mes bien-faits?
Ie vous ay rendus francs, & vostre ingratitude
Me veut laisser croupir dedans la seruitude,
Insensibles, cruels, pour estre malheureux,
Ne suis-je plus en droit de dire ie le veux?

PINDARE.

Deuoirs, faueurs, bien-faits, liberté redonnée,
Venez vous presenter à mon ame obstinée;
Chassez ces mouuemens de tendresse & d'amour,
Et que l'obeïssance y domine à son tour.
Mes vœux sont exaucez, cher Maistre ie vous cede,
Et puis que vostre bien depend de ce remede;
Quoy que ce lache cœur y souffre du combat,
Ie veux estre meurtrier pour n'estre pas ingrat:
Mais si dans vostre esprit la pitié trouue place,
Jusques apres cela ce qu'il faut que ie face,
Et de combien de morts pour vne seule mort
Cét acte me prepare à ressentir l'effort,
Faire mourir celuy de qui ie tiens la vie,
Qui seul peut affranchir nostre Rome asseruie,
Que ie perde celuy que la faueur de Mars
A mille fois sauué du milieu des hazards:
Et bref qu'en vn moment ie desfasse vn ouurage,
Que des siecles ont fait pour honorer nostre âge,
Mon Maistre, mon Seigneur, seul apuy du païs,
Ha! que ie suis brutal si ie vous obeïs.

CASSIE.

Tous ces foibles discours offensent mon courage,

Icy l'amour me nuit, & la pitié m'outrage,
Si toutefois on peut donner des noms si saints
Au profane mespris qui choque mes desseins,
Pindare tu me hais en m'aymant de la sorte,
Ie ne sçaurois suruiure à la liberté morte:
Ouure moy l'estomach, mais tu jettes ce fer
Qui me deuroit ouurir la porte de l'Enfer,
Peut-estre que ta lame aux ennemis fatale
Frapant contre vn amy, craint d'estre desloyale;
Si c'en est le sujet, pousse la hardiment,
Tu m'as fait ennemy par ton retardement:
Mais pour ne pas troubler son visage ordinaire,
Tien, voicy ce poignard qui t'offre de le faire,
Aussi depuis long-temps choisi pour ce dessein,
Il en seroit jaloux s'il ne m'ouuroit le sein.

DEMETRIE.

Puis-je voir acheuer vn acte si barbare?

CASSIE.

Ne differe donc plus braue & sage Pindare,
Il a rougi du sang du Tyran des Romains,
Lors que dans le Senat il mourut par nos mains.

PINDARE.

Puis que dans ce dessein vostre ame est obstinée,

Et que ie dois ceder à cette Destinée,
Ce coup en vous perçant me va percer le cœur.

CASSIE.

Adieu, ne ſuy iamais le party du vainqueur.

PINDARE.

Que dois-je deuenir apres vne auanture,
Dont l'effroyable objet fait trembler la Nature?
Faut-il que ce poignard apres vn tel forfait
Laiſſe encore durer le meurtrier qui l'a fait?
Ouy, qu'il viue l'ingrat, puis qu'vne mort ſoudaine
Pour expier ſon crime auroit trop peu de peine,
Qu'il viue, mais viuant que ſes cuiſans remorts
L'expoſent tous les iours à de nouuelles morts.

DEMETRIE.

Ie veux ceder au temps, & tariſſant mes larmes
Porter aux ennemis ces malheureuſes armes,
Peut-estre cét objet diſpoſera leurs cœurs
A n'vſer pas ſur moy du pouuoir des vaiqueurs.

SCENE V.

TITINE.

POuroit-on iustement m'accuser de paresse?
Mais d'où vient que ie tremble & que le poil me dresse?
N'auons nous pas encor dequoy brauer le sort,
Puis que Brute est vainqueur, quel est cét homme mort?
Sans doute vn malheureux qui blessé dans la plaine
S'est traisné iusqu'icy pour y finir sa peine:
Voyons-le de plus prés, O trop injustes Dieux!
Quel deplorable objet monstrez-vous à mes yeux!
Cassie est-ce donc vous que la mortelle Parque
Vient de precipiter dans l'infernalle Barque?
O rage! ô desespoir tesmoins de ce forfait!
De grace apprenez moy qui le peut auoir fait:
Mais quoy ie les connoy ces ames mercenaires,
Ces lasches afranchis, ces cruelles viperes,
Pour gagner le Tyran qu'ils croyoient absolu,
Ont acheué ce coup sans qu'il l'eust resolu.
Ha traistres! si Cæsar n'est pas déraisonnable,
Il punira sur vous ce meurtre abominable:

Le bien qu'il doit tirer de vostre trahison
Ne l'empeschera pas d'en auoir sa raison:
Pour moy dont le depart facilita ce crime,
Ie veux à ma fureur me choisir pour victime,
Afin que mon esprit iustement affligé
Ne me reproche pas de ne m'estre vengé,
Et qu'on puisse trouuer au Temple de memoire
Que ie fus innocent d'vne action si noire.
Sus donc mourons, mon cœur, certain que le trespas
Peut faire seulement que nous ne mourons pas.
Ha Brute!

SCENE VI.

BRVTE VN CHEF.

BRVTE.

QVelle voix vient de se faire entendre?

TITINE.

Celle d'vn innocent que la parque va prendre.

VN DE LA SVITE DE BRVTE.

O malheur sans pareil! Caßie est außi mort.

BRVTE à part soy.

Il faut dißimuler.

VN DE LA SVITE.

O dure loy du sort!

BRVTE.

Les hommes courent tous vne mesme auanture,
Par cét ordre fatal prescrit par la Nature;
La mort void d'vn mesme œil les Bergers & les Rois,
Et tout également succombe sous ses loix.
Ne murmurez donc plus, mais reprenans courage,
Esperez le repos de la fin de l'orage:
Par de diuers moyens le Ciel peut secourir,
Caßie estoit vn homme, il deuoit donc mourir,
En tuant vn Tyran on a peu sauuer Rome,
Mais on ne la pert pas dans la perte d'vn homme;
Car bien que la grandeur des puissans attentats
Semble estre le pilier qui soustient leurs Estats;
Si le Ciel n'est l'Atlas de ces lourdes machines,
Bien-tost tout leur esclat se change en des ruines.

Quand

Quand de tous nos Soldats le dessein peruerty
Voudroit fauoriser le contraire party.
Et quand le monde entier s'armeroit pour Octaue,
Si le Ciel est pour nous, il sera nostre esclaue,
Il verra que l'orgueil ne le monte si haut
Que pour luy procurer vn plus funeste saut;
Celuy qui des Geans ne fit qu'vn peu de poudre,
Garde le mesme bras qui leur lança la foudre,
Et n'a point relaché de son auersion,
Pour ces Monstres boufis de trop d'ambition,
Il se sert quelquefois de nous & de nos armes
Pour respandre du sang, & pour tarir des larmes:
Mais s'il voit que nos bras ne sont pas assez forts,
Soudain il a recours à de meilleurs efforts;
Il inspire la peur dans la troupe ennemie,
Qui bien-tost en fuyant se noircit d'infamie;
Et sans sçauoir pourquoy craint si fort le trespas,
Que les plus fiers torans ne l'aresteroient pas.
Amis, esperons tout de la faueur Celeste,
Nous n'auons rien perdu puis que cela nous reste,
Cassie est à present le butin du trespas,
Mais les Dieux sont viuans & nous auons des bras;
Cependant quand la nuict mettra sa robbe obscure,
Portez sans bruit ce corps dedans la sepulture,
Et i'espere demain par ma langue & mes mains
De redonner le cœur & Rome à nos Romains.

ACTE QVATRIEME.

SCENE PREMIERE.

OCTAVE, MARC ANTHOINE.

OCTAVE.

TOVS ceux qui cõme nous combatent pour la gloire,
Se peuuent asseurer d'emporter la victoire,
Les Dieux ne choquent point vn dessein genereux,
A plus forte raison quand il n'est que pour eux,
La mort du grand Cæsar appele leurs justices,
A punir son autheur auec tous ses complices,
Et ie croy qu'à l'instant que ce coup fut donné
Contre les criminels leur cholere eust trouué,
S'ils eussent peu choisir la flamme d'vn Tonnerre,
Qui n'eust pas auec eux bruslé toute la terre:
Mais ne pouuans agir auec vn moins puissant,
Ny perdre ces meurtriers sans perdre l'innocent;

Ils veulent que nos mains en faſſent la vengeance,
Et purgent ce païs de cette noire engeance,
Déja leur volonté s'explique heureuſement,
Et voſtre valeur fait ce doux euenement.

ANTHOINE.

Vos vœux mieux que mon bras me l'ont rendu poßible.

OCTAVE.

Ha cette flatterie eſt vn peu trop viſible!
Chacun ſçait comme quoy vous auez combatu;
Mais vn cœur genereux doit cacher ſa vertu.

ANTHOINE.

C'eſt pourquoy tous les iours vous nous cachez la voſtre.

OCTAVE.

Ie vous reſpondroy bien ſi vous eſtiez vn autre,
Mais dans les complimens comme dans les combats,
Il faut à voſtre abord mettre les armes bas.

ANTHOINE.

Ce Soldat de retour porte ſur le viſage
Les ſignes euidens d'vn funeſte preſage.

SCENE II.

LE SOLDAT, ANTHOINE, OCTAVE.

LE SOLDAT.

LE sensible regret où le sort me reduit
D'estre cõtraint à dire vn mal qu'il a produit,
Estoufe ma parole, & m'auroit osté l'ame,
Si ie n'eusse enuers vous aprehendé du blasme.

OCTAVE.

Quoy Brute seroit-il de mes troupes vainqueur?

LE SOLDAT.

C'est là le trait mortel qui me perce le cœur.

ANTHOINE.

Tandis qu'Octaue & moy porterons vne espée,
On la verra toujours contre Brute occupée;
Ce traistre ne sçauroit éuiter nostre fer,
Et nous l'irions chercher iusque dedans l'Enfer:
Poursuy.

LE SOLDAT.

Le souuenir d'vn si sanglant carnage,
Met mon ame en desordre & glace mon courage,
Iamais le Ciel n'a veu tant de corps renuersez,
Et la mort assouuie a crié, c'est assez.
Soudain que l'ennemy commença de paroistre,
Nos Soldats animez par la haine du traistre,
Tesmoignent à l'enuy ce que peut le courroux,
Quand la haine & l'honneur en excitent les coups;
L'ennemy d'autre part courant à la meslée
Oppose à leurs efforts sa valeur signalée;
Les dards greslent par tout, & les plus auancez
En croyant de blesser, sont eux-mesmes blessez;
L'air n'est plus esclairé que d'vne lueur sombre,
La poussiere & les traits les font combatre à l'ombre,
On ne sçauroit iuger quels seront les vainqueurs,
Tous paroissent égaux & de bras & de cœurs.
En fin lassé de voir la victoire en balance,
L'ennemy fond sur nous auec tant d'insolence,
Qu'on eust dit à le voir les armes à la main,
Qu'il menoit auec luy tout l'Empire Romain.
Tout meurt à mesme instant, on ne voit point d'espée
Qui du sang des Romains ne paroisse trempée,
Nos Soldats à genoux implorans les vainqueurs:
Mais helas c'est en vain! la rage est dans leurs cœurs;

Tel pour l'innocenter voudroit ouurir la bouche,
Qui sent ouurir son cœur par le fer qui le touche;
Et tel autre en fuyant tâche à prendre party,
Qu'il void d'vn coup mortel son dessein diuerty:
L'horreur seme par tout vne froide fumée
Qui glace le courage à nostre pauure armée,
Des longs gemissemens fendent l'air d'alentour,
Le Soleil de regret voudroit haster son tour:
Le sang coule par tout, on ne voit point de terre
Qui ne porte en son front les marques de la guerre:
Icy deux vrais amis sur le poinct de leur mort,
Pleurent en s'embrassant la rigueur de leur sort.
Icy le pere void son fils dessus la poudre,
Et dépite le Ciel pour attirer sa foudre.
Icy par des regrets qui fendroient vn rocher,
Vn fils pleure la mort de ce qu'il eust plus cher.
Icy dedans le sang mille blessez se noyent,
Implorans la faueur de tous ceux qui les voyent.
Et bref il est par tout tant d'objets de terreur,
Que ie croy que l'Enfer en frissonna d'horreur:
Brute bien-tost apres fit cesser le carnage,
Et receust à mercy les restes du naufrage.
Que puis-je dire encor, sinon que le Soleil
Ne vit iamais çà bas vn desordre pareil?
Et que si les grands Dieux sont pour nostre iustice,
Ils ont fort peu de force, ou beaucoup de malice.

OCTAVE.

Ha! pourquoy dans la fin de ces triſtes diſcours,
Ne puis-je rencontrer celle-la de mes iours?
Deſtins injurieux, fortune, parque, enuie,
Rendez moy mes Soldats, ou rauiſſez ma vie;
Ennemis de mon bien au lieu de me guerir,
Vous deuiez trauailler à me faire mourir,
Auſſi bien le regret où ce malheur m'abyſme,
Perſuade à mon cœur que ma vie eſt vn crime.
Helas! vit-on iamais Prince plus mal traitté!
Ie rencontre la mort lors que i'ay la ſanté:
Donc ie ne verray plus tant de braues gensdarmes,
Que mon ſeul intereſt portoit dans les alarmes.
Donc ſans ſes compagnons Octaue durera,
Et les membres perdus le Chef ſubſiſtera?
Ha! non mes chers amis, n'ayez point cette doute,
Voſtre treſpas m'apprend vne mortelle route:
Et ſi durant vos iours vous ſuiuites mon ſort,
Au moins ie vous rendray la pareille en ma mort:
Mais ne connoy-je pas que la douleur m'emporte?
Iamais vn general ne parla de la ſorte:
Et lors que le deſtin luy donne des malheurs,
Il ſonge la vengeance, & non pas à des pleurs;
Prenons donc deſormais ce party legitime,
Que Brute & tous les ſiens nous ſeruent de victime;

Ramassons promptement le debris de nos gens,
Et sauuons aux Destins le tiltre de changeans.
Ombres de mes amis, Manes de ma Noblesse,
Ce bras vous vengera du mutin qui vous blesse:
Et dessus les Cyprés qui couurent vos guerriers,
Cette lame fera refleurir des lauriers,
L'astre de la clarté vient d'vne grote noire,
Et le malheur souuent donne l'estre à la gloire,
Les Dieux aymoient Cæsar, & ne pouroient souffrir
De voir viure long-temps ceux qui l'ont fait mourir.

ANTHOINE.

S'ils eussent eu dessein de choquer nostre enuie,
Octaue dans son camp auroit perdu la vie,
Et mes Soldats & moy par vn mesme destin
Aurions dans le combat rencontré nostre fin:
Mais ils sauuent ce Prince, & me donnent la gloire
D'emporter sur Caßie vne belle victoire;
Si bien qu'à balancer ce rencontre fatal,
I'estime que le bien l'emporte sur le mal;
I'ay de mes bataillons ensanglanté la terre,
Et porté dans son camp le foudre de la guerre,
Luy seul s'est garanty d'vn funeste trespas.

SCENE

SCENE III.

DEMETRIE, OCTAVE ET ANTHOINE.

DEMETRIE.

ET ces armes pourtant ne le teſmoignent pas.

OCTAVE.

O Dieux! ſeroit-il vray qu'il ne ſut plus en vie?

ANTHOINE.

Par vn diſcours plus clair contentez noſtre enuie.

DEMETRIE.

Qui conſiderera mon Eſtat & mon ſort,
Il pourra bien iuger que ce grand homme eſt mort;
Tandis qu'il a veſcu i'euſſe creu faire vn crime
De donner qu'à luy ſeul mon cœur & mon eſtime,
Au lieu qu'en cét eſtat je vien vous reuerer,
Comme des Rois vainqueurs que tout doit adorer.
Vn bon cœur que les Dieux ont rangé ſous vn Maiſtre,
S'il ne le ſuit partout, s'acquiert le nom de traiſtre:

Mais alors que la mort en a fait son butin,
S'il a du iugement il change de destin.
Pendant que les Romains sous vn guerrier si braue
Se defendoient des noms de captif & d'esclaue,
Ie croyois que bien-tost cedans à nostre loy,
Vous démordriez de ceux d'Empereur & de Roy:
Ie pensois que iamais la puissance de Rome
Ne se deuoit ranger aux volontez d'vn homme,
Et qu'on verroit bien-tost ses plus grands ennemis
Faire hommage à la main qui les auroit sousmis:
Mais depuis qu'il est mort, ie croy que tout se bande
A rendre tous les iours vostre gloire plus grande,
Et que dans peu de temps les peuples esbahis
Viendront dessous vos loix asseruir leur païs:
Moy pour ne pas troubler dans ces metamorphoses,
Cét ordre merueilleux que prennent toutes choses,
Sçachant qu'on ne le peut sans estre criminel,
Ie viens pour vous offrir vn seruice eternel,
Trop heureux si ie puis en faueur de ces armes
Obtenir vne place au rang de vos Gendarmes.

OCTAVE.

Icy les gens d'honneur peuuent trouuer vn port
Qui les met à couuert des orages du sort.

ANTHOINE.

Caualiers, vos desirs ont vn effet propice,
Vous aurez cette place, & rendez nous seruice.

DEMETRIE.

O Dieux! qui connoissez mon amour mieux que moy,
Venez parler de grace en faueur de ma foy,
Ou si vostre grandeur repugne à cét hommage,
Inspirez à ma bouche vn celeste langage,
Pour dire à ces Seigneurs combien ie suis heureux,
Si le Destin permet que ie meure pour eux.

OCTAVE.

Puis que Cassie est mort, ie croy qu'en asseurance
Nous pouuons assembler toute nostre puissance,
Pour suiure l'ennemy tandis qu'il est troublé.

ANTHOINE.

Allons le proposer au Conseil assemblé.

SCENE IV.

PORCIE.

PRotecteurs de la liberté,
Grands Maistres de la destinée,
Dont la puissance n'est bornée
Que par la seule volonté.
O Dieux! apres cette victoire
Ie veux celebrer vostre gloire,
Et dessus vos autels où fumera l'encens,
Faire que le sang des Victimes
Laue desormais tous les crimes
Que i'ay nagueres faits de vous croire impuissans.
Par le mesme effet de bonté
Qui fait prosperer nostre guerre,
Iusques icy vostre Tonnerre
A souffert mon impieté;
I'adore vos faueurs extremes,
Et me repens de ces blasphemes,
Dont ma bouche a voulu noircir vos Majestez,
Mon ame est aujourd'huy plus saine,
Ie n'ay plus contre vous de haine,
Elle s'en est allée auec vos cruautez.
Brute, l'honneur de nos guerriers

Parmy le sang & le carnage,
Vient de signaler son courage,
Et de se couurir de lauriers:
Dans cette publique alegresse
On idolatre sa prouësse:
Et tous nos Citoyens encensent à son bras,
Grands arbitres de nostre vie
Souffrez ces honneurs sans enuie,
Celuy qui les reçoit ne vous les rauit pas.
Ce Heros auec des respects
Admire vostre prouidence,
Et connoist en cette occurance
Que peuuent vos diuins aspects.
O Majestez que ie reuere!
Que vos decrets ont de mystere,
Et qu'on preuoit bien mal ce qu'ils ont arresté,
Pour de sagesses si profondes
La raison n'eust iamais de sondes,
Et le plus clair esprit n'est rien qu'obscurité,
Naguere Octaue dans le port
S'imaginant nostre naufrage
Menaçoit Rome de seruage,
Et tous nos Citoyens de mort:
Cette grosse & superbe armée
Faisoit dire à la Renommée
Que tout deuoit flechir sous ses puissantes loix,

Et que nos bandes dißipées
Ne seroient bien-tost occupées
Qu'à faire des bouquets pour couronner des Rois.
Cependant ils sont abatus,
Leur orgueil n'est plus que fumée,
Et le débris de leur armée
Esleue vn trosne à nos vertus;
Le camp d'Octaue est nostre proye,
Ses feux, sont ceux de nostre joye,
Sa honte est nostre honneur, sa nuict nostre flambeau:
Son sang espandu nous anime,
Et par vn destin legitime
Nous trouuons nostre vie au fonds de son tombeau.

SCENE V.

BRVTE, ET PORCIE.

BRVTE.

EN fin ie voy qu'vn iour vous banissez la plainte.

PORCIE.

Ie ne me plains iamais sans des sujets de crainte,

Et ie croy qu'aujourd'huy i'ay rencontré le point,
Où sans stupidité ie puis ne craindre point.
Vous voir victorieux, quoy seroit-il poßible
Qu'encor à la douleur mon ame fut sensible?
Non Brute, il est certain qu'en l'estat où ie suis,
Mon cœur seroit ingrat s'il auoit des ennuis;
Dans le resentiment de mon bon-heur extreme
Ie commence de voir que ie deuiens moy-mesme,
Vostre gloire me charme, & mes sens enchantez
N'ont plus de mouuemens que pour les voluptez.
Voudriez vous bien choquer ce dessein legitime?

BRVTE.

Le penser seulement me tiendroit lieu de crime;
Toutesfois il est vray qu'on n'est iamais au port
Lors qu'on peut resentir les caprices du sort.
Si bien qu'en cét estat i'estime vne ame sage
A qui nul accident ne change le visage,
Et qui goustant des maux ou des felicitez,
Ne se porte iamais dans les extremitez,
Ce beau temperament nous sauue des orages,
Et nous fait vne planche au milieu des naufrages;
Au lieu qu'on voit toujours vn violant transport
Agiter nostre esprit & l'esloigner du port.

PORCIE.

Après vn tel bon-heur qu'est-il que i'aprehende?
Ayant Brute vainqueur, i'ay ce que ie demande.

BRVTE.

Si bien qu'aucun malheur ne vous sçauroit toucher.

PORCIE.

Mon cœur contre leurs coups est armé d'vn rocher.

BRVTE.

Puis qu'il est si constant, i'aurois mauuaise grace
Si ie luy cachois rien de tout ce qui se passe,
Sçachez donc, mon cher cœur, que Rome n'a qu'vn bras,
Que le fleau des Tyrans, l'amour de nos Soldats,
Le bouclier du païs, le foudre de la guerre,
Que Cassie en vn mot ne vit plus sur la terre;
Et ce qui vient encor augmenter mon ennuy,
Que presque tous les siens ont mesme sort que luy,
Et qu'il faut que demain la bataille se donne,
Qui me doit apporter la mort ou la Couronne:
Mon regret toutefois en ce dernier effort,
Ne vient que de vous voir à la mercy du sort,
Et le Ciel m'est tesmoin qu'en ce danger extreme,

Pour

Pour songer trop à vous ie m'oublie moy-mesme.
Ce n'est pas que mon cœur n'espere tout des Dieux,
Mais il fend de regret de vous voir en ces lieux,
En vn temps où la mort doit verser sur la terre
Vn deluge de sang pour esteindre la guerre.

PORCIE.

Vostre seule presence allege mon soucy,
Et vous desireriez de me voir loing d'icy:
Brute quittez, de grace, vn discours qui m'offense,
Iugez mieux de mon cœur, traittez mieux ma constance,
Et sçachez que l'amour qui m'embrase le sein,
Ne conceura iamais vn si lâche dessein.
Quoy, vous abandonner au milieu des alarmes,
Et me retirer seule à la mercy des larmes?
Cela choque si fort mon esprit resolu,
Qu'il mouroit mille fois si vous l'auiez voulu:
Mais i'ose me flatter que vostre cœur propice
Ne me rendit iamais vn si mauuais office;
Et quand il le feroit, il n'auanceroit rien,
Puis qu'il sera toujours accompagné du mien.

BRVTE.

Quand ie voy tant d'amour & de courage ensemble,

J'adore le lien dont le Ciel nous assemble,
Et croy que tous les biens que i'ay receu des Dieux
Au prix de celuy-là, n'ont rien de precieux,
Que dans le beau dessein de n'estre point esclaue,
I'aye tué Cæsar, i'aye defait Octaue:
Que mon front mille fois ait changé de Lauriers,
Qu'on m'estime par tout le Phœnix des guerriers,
Ces honneurs, quoy que grands, plaisent moins à mon ame
Que la gloire que i'ay de vous auoir pour femme.

PORCIE.

Pour le moins auec moy vous possedez vn cœur,
Qui ne sçauroit souffrir que Brute pour vainqueur.

BRVTE.

Et le mien fera voir où que le Ciel m'adresse,
Qu'autant qu'il aye vn Maistre, il ayme vne Maistresse:
Mais il est déja tard, retirons nous d'icy.

PORCIE.

Dieux! finissez bien-tost ma vie ou mon soucy.

ACTE CINQVIEME.

SCENE PREMIERE.

BRVTE, STRATON, quelques Chefs de l'armée.

BRVTE.

Ie rends graces aux Dieux de ce que dans l'orage
Chacun de vous conserue vn genereux courage;
C'est beaucoup de dompter auec les ennemis,
Les extremes dangers où l'honneur nous a mis;
C'est beaucoup, il est vray, puis que cette victoire
Nous fait des monumens au Temple de memoire:
Mais il faut persister, & ne s'arrester pas
Que nous n'ayons trouué la paix ou le trespas.
Ie veux dire vne paix qui purge nostre terre
Par la mort des Tyrans des semences de guerre:
Paix qui rende l'esclat à ce siecle peruers,

Et qui puisse durer autant que l'Vniuers.
Allons donc, mes amis, au plus fort de la presse
Chercher parmy le sang cette belle Deesse,
Elle suit les lauriers, vit prés les gens de cœur,
Et ne quite iamais le party du vainqueur;
Ainsi voit-on souuent dedans l'ordre des choses,
Naistre plusieurs effets contraires à leurs causes:
Nos ennemis rangez pour ce dernier effort,
Portent peinte en leur front l'image de la mort,
Ie les voy tous tremblans à l'abord de nos armes,
Ceder aux mouuemens des premieres alarmes:
Ils fuyent, & fuyans, nous laissent le bon-heur,
La paix, la liberté, le repos & l'honneur.
Auançons ce moment pour haster nostre gloire,
Et volons, s'il se peut, apres vne victoire,
Dont la possession nous acquiert desormais
La beauté d'vn renom qui ne moura iamais:
Ouy, nous viurons, amis, malgré les destinées,
Autant que le Soleil reglera les années;
Si nous luy faisons voir cette derniere fois
Que nous auons pour but le soustien de nos loix,
Et que nous n'auons pas cette vieille manie
De triompher des Rois, mais de la tyrannie.
Ce monstre est en horreur aux yeux des immortels,
Puis qu'il porte ses loix au delà des autels,
Et que son droit sanglant mit dans la sepulture

Auec le droit des gens celuy de la Nature:
Mais ie croy que bien-tost lâchement abatu
Il viendra rendre l'ame aux pieds de la Vertu;
Nos Citoyens alors par des voix esclatantes
Chanteront le retour des libertez absentes;
Rome franche des Rois & de leurs cruautez,
Estalera sa gloire auecque ses beautez;
Les guerres des Tyrans y seront estoufées,
Et ne paroistront plus que parmy nos trofées;
Nostre Aigle dont le vol sembloit estre intermis,
Reuerra tous les lieux qui luy furent sousmis.
Le Senat reprendra cét esclat honorable,
Qui par tout l'Vniuers l'a rendu venerable,
Et les Tribuns remis auront la faculté
De maintenir le peuple en son authorité;
Pour nous qui soustenus d'vne ferme esperance
Aurons presté nos bras à cette deliurance,
On ne nous descendra de nos chars glorieux,
Que pour nous esleuer sur des trosnes des Dieux.
Soleil, fay que bien-tost ce beau iour nous esclaire;
Mais ie te parle en vain, tu ne le sçaurois faire,
Si nous ne dissipons par des coups furieux
Ce nuage ennemy qui te cache à nos yeux.
Allons y donc, amis, & que toute la terre
Tremble sous nos efforts comme sous le Tonnerre,
Que le sang espanché fasse sourdre vn estang

Pour noyer les poltrons qui fuiront de leur rang,
Afin qu'à l'aduenir il ne naiſſe point d'homme
Qui s'oſe rebeller contre l'honneur de Rome,
Et que ſes Citoyens ſoient exempts deſormais,
D'acheter par leur ſang la victoire & la paix.

STRATON.

Brute, la liberté, l'honneur & la victoire
Demeureront toujours dedans noſtre memoire:
Viue donc toujours Brute, & meurent les Tyrans.

BRVTE.

A moy dõc compagnons, & qu'on garde les rangs.

SCENE II

PORCIE, ſa Compagne.

PORCIE.

QV'ay-je fait qui merite vn traitement ſi rude?
Quel tourment eſt égal à mon inquietude?
Morphée tous les ſoirs m'ouure mille tombeaux:
La terre fend ſous moy, je n'entends que corbeaux:
Et ce qui vient encore augmenter mes ſupplices,

Je lis mon mauuais sort dans tous mes sacrifices.
Que puis-je deuenir, où dois-je auoir recours?
Puis que mesme la mort est sourde à mes discours?
Mets fin à mes malheurs, Deesse qui sommeilles,
Mais ie l'appele en vain, elle n'a point d'oreilles.
Et quand elle en auroit, son inhumanité
Ne prend iamais la loy de nostre volonté;
Et moy ie veux mourir, c'est mon dernier remede:
Mais pour trouuer la mort, ay-je besoin d'vn aide?
Ce bras ne peut-il pas enfoncer dans mon sein,
Ce qui doit acheuer vn genereux dessein?
Sans doute, & si les Dieux ne cessent de nous nuire,
Ie leur espargneray le soin de me destruire,
Afin que par ce coup l'Vniuers puisse voir,
Qu'vne ame genereuse est hors de son pouuoir,
Et qu'elle peut trouuer nonobstant leur enuie,
L'honneur, la liberté, le repos & la vie.

LA COMPAGNE.

Pourquoy murmurez-vous contre les immortels,
Au lieu que vous deussiez embrasser leurs autels,
Et par le zele ardent d'vne sainte priere,
Demander à genoux la victoire derniere.
Madame, apaisez-vous, rappelez la raison,

PORCIE.

Toy bannis ces discours qui sont hors de saison,

Et s'il te reste encore quelque peu d'esperance,
De voir nos gens vainqueurs, démentir l'aparence,
Va iouyr du plaisir de les voir reuenir,
Et me laisse en ce lieu seule m'entretenir,
Tu peux beaucoup pour moy dans cette obeïssance.

LA COMPAGNE.

C'est pourquoy ie voudrois qu'il fut en ma puissance;
Mais on m'a commandé de ne vous quiter pas.

PORCIE.

C'est me perdre pourtant que de suiure mes pas.

LA COMPAGNE.

Ie mouray mille fois auant que ie vous laisse.

PORCIE.

En quel extreme poinct la Fortune m'abaisse,
Si mes meilleurs amis loing de me soulager,
Ne se monstrent ardens qu'à me desobliger?
Et bien, puis qu'on le veut, ne quite point mes traces,
Adjouste ta presence à mes autres disgraces,
Il ne m'en fasche pas, il faut ceder au sort.

LA COMPAGNE.

Bons Dieux assistez-moy pour empescher sa mort.

SCENE

SCENE III.

OCTAVE, MARC ANTHOINE, Leur suite.

OCTAVE.

QV'on pardonne aux Romains, qu'on cesse le carnage,
Il suffit que sur eux nous auons l'auantage,
Tout est déja reduit au poinct de nos desirs,
Et bien-tost les trauaux feront place aux plaisirs,
Rome nous reuerra comblez d'heur & de gloire,
Non tant pour les lauriers deus à cette victoire,
Mais pour auoir vengé l'insolent attentat,
Qu'en meurtrissant Cæsar, on fit sur son Estat.

MARC ANTHOINE.

Le temps est oportun, l'occasion est belle,
Pour chastier l'orgueil de ce peuple rebelle,
Allons iusques au bout, poursuiuons nostre effort,
Et taschons d'auoir Brute ou prisonnier ou mort.

SCENE IV.

BRVTE, STRATON, deux amis de Brute.

BRVTE.

PVis que nos bons desseins sont veus d'vn mauuais Astre,
Il se faut preparer à souffrir ce desastre;
L'impoßibilité ne nous oblige point,
L'honneur peut reculer quand il trouue ce point.
Et celuy iustement perd le titre de sage,
Qui veut choquer du temps l'infaillible passage;
Qui considerera l'ordre de l'Vniuers,
Il verra chaque iour son visage diuers,
Et connoistra par là que quelque prouidence
Par le seul changement preuient sa decadence,
Et qu'ainsi nostre Rome ayant peu se porter
A cét extreme point qu'on ne peut surmonter;
Il faloit que suiuant cette regle diuine,
Elle redescendit deuers son origine;
Tu m'en as fais douter, impuissante vertu,
Et c'est sous ta faueur que Brute a combatu.
Esperant le secours de ta force oportune,
Mais ie t'ay veu tomber aux pieds de la fortune,

Ie voy bien maintenant que i'eus beaucoup de tort,
Lors que ie te donnoy du pouuoir sur le sort,
Puis qu'aux premiers assauts que sa force te donne
Tu luy laisses gagner le champ & la couronne:
Mais ie perds vainement en discours superflus,
Des momens qui passez ne se reuerront plus:
Profitons-en plûtost, & pendant que l'armée
Couure tout nostre camp de flame & de fumée,
Que nos Soldats vaincus pratiquent mon conseil,
En suiuant du vainqueur le pompeux apareil,
Afin de preuenir vn malheur si funeste,
Disposons nos amis à faire ce qui reste.

Genereux compagnons de mes iustes projets,
Le Ciel s'est declaré contre l'honneur de Rome,
Il veut que le Tyran ait des Rois pour sujets,
Et que des demy-Dieux fléchissent sous vn homme.

Mais auant de tomber en cette extremité,
Et me voir abatu sous vne loy si dure;
Ie veux m'enseuelir auec ma liberté,
Et pour plaire à l'honneur, déplaire à la Nature.

Donc si quelqu'vn de vous a l'esprit assez fort
Pour m'estimer encor en ce moment extreme,
Qu'il prenne ce poignard, & m'en donne la mort,
Ie dois sçauoir par là s'il est vray que l'on m'ayme.

L'VN DES AMIS.

Auant de consentir à ce coup furieux,
Ie vay chercher la mort au milieu de l'armée,
Et si ie ne voy point son bras officieux,
Ie me contenteray que ma main est armée.

BRVTE.

Au moins puis que tu crains de me rauir le iour,
Va t'en le conseruer à ma chere Porcie.

L'AVTRE AMY.

Ie le veux seconder en cét acte d'amour,
Peut estre que mes soins luy sauueront la vie.

BRVTE.

Et toy, mon cher Straton, es-tu de ces amis,
Qui pensent en fuyant de me faire seruice?

STRATON.

Pour seruir aux desirs où vous estes sousmis,
Il faudroit peu d'amour, & beaucoup de malice.
Ha! laissez ce dessein indigne d'vn bon cœur,
Qui terniroit l'esclat de vostre gloire extreme;
Vn vaincu doit auoir le maintien d'vn vainqueur,
Et ne perdre iamais l'Empire de soy-mesme.

Quoy, le monde rauy de vos premiers progrez,
Vous verra succomber à la fin de l'orage,
Et jugera d'abord, entendant mes regrets,
Qu'vn bon-heur seulement faisoit vostre courage,
Esuitez ce peril, & s'il faut que l'Enfer
Vous donne le repos que le Ciel vous desnie,
Courez tout au trauers & du feu & du fer,
Mourez, mais combatant contre la tyrannie.

BRVTE.

Ie sçay bien, cher amy, que par ces beaux discours
Tu me veux destourner d'vn dessein legitime;
Mais en l'estat funeste où sont reduits mes iours,
Ie veux que ton bras m'offre à l'hõneur pour victime.
Crois-tu que pour me voir au poinct de mon trespas
Vn jugement bien sain n'esclaire pas mon ame,
Et que i'aille incertain chercher en d'autres bras
Ce que ie puis trouuer au bout de cette lame?
On perd souuent vn bien qu'on veut trop differer,
Ie veux mourir pour viure, & finir pour durer.

STRATON.

Quoy, ce braue guerrier, à qui tout est possible,
Qui fit jadis trembler tant de peuples sousmis,
Perd contre ses desirs le tiltre d'inuincible,
Qu'il a toujours gardé contre ses ennemis.

Ha! non, puissant Heros, n'encourez point ce blâme,
La mort nous fait juger comment l'homme a vescu,
Et si le desespoir peut surmonter son ame,
On croit mal-aisement qu'il ait iamais vaincu.

BRVTE.

Si de nos ennemis les troupes auancées
Ne me defendoient pas vn plus long entretien,
Ie pourroy renuerser tes meilleures pensées,
Et creuser leur tombeau pour en bastir le mien.
Ie diroy qu'vn grãd cœur que la Fortune oppresse,
Iusqu'à luy demander sa vie ou son honneur,
S'il balance le chois, tesmoigne sa foiblesse,
Et ne reconnoist pas où gist le vray bon-heur.
L'honneur dure toujours au Temple de memoire,
La vie a pour son cours vn terme limité:
Sans doute celuy-la mesnage mal sa gloire,
Qui pour gagner vn iour, pert vne eternité.
D'esperer d'vn bien que la puissance humaine
Nous peut faire acquerir, est vne lâcheté:
Mais ne pouuant y auoir la liberté Romaine,
Ie cede seulement à la necessité.
Si ie cherche la mort tandis que ie suis libre,
N'est-ce pas pour monstrer aux races à venir,
Que j'ay voulu mourir comme i'auois sceu viure,
Quand j'ay perdu l'espoir de m'y plus maintenir.

Ne conteste donc plus, seconde mon enuie,
Tien ferme ce poignard, i'en beniray les coups,
S'ils peuuent faire voir, en me priuant de vie,
Que ie mourus pour moy, ne pouuãt rien pour vous.

STRATON.

Dure loy du deuoir que ta rigueur est grande!
Obeïssons pourtant, Brute l'a projeté.

BRVTE.

L'on m'a presté ce corps, il faut que ie le rende;
Mais i'emporte l'honneur auec la liberté,
Approche, cher amy, qu'à ce coup ie t'embrasse;
Adieu; ie naquis libre, & libre ie trespasse.

STRATON.

Donc ce grand demy-Dieu rend l'ame deuãt moy?
Donc ie fais trebucher l'esperance de Rome?
Et mon bras desloyal pour auoir trop de foy,
Me rauit aujourd'huy ce qui me faisoit homme?
Brute ne vit donc plus, & l'hõneur des guerriers
Vient d'estre le butin de ma lame cruelle?
La foudre au champ de Mars espargnoit ses lauriers,
Et ie suis aujourd'huy moins pitoyable qu'elle?
Ha! malheureux poignard, dont les lâches efforts
Nous rauissent vn bien que la Parque reuere,

Pourquoy ne puis-je auoir cent ames & cent corps,
Afin de te saouler, & de me satisfaire.
Rome, Tribuns, Senat, Citoyens, liberté,
Suiuez mon desespoir, & ma plainte funeste,
Auec ce grand Heros vous perdez la clarté,
Et la nuict des prisons est tout ce qui vous reste.
Ne tarissez iamais la source de vos pleurs,
Que leur eau n'ait plustost fait vne mer du Tybre,
Et noyé, s'il se peut, ces hydres de malheurs,
Qui font que vostre Estat va cesser d'estre libre.
Les Tyrans sont vainqueurs, tout l'Estat est perdus,
La liberté se meurt, Rome s'en va la suiure,
Et pour comble de mal, le grand Brute n'est plus.
Vn Heros peut mourir, & Straton pourroit viure?
Non, non, tristes objets qui faites mon soucy,
Ce coup me va venger du Destin qui m'outrage:
Ha! ie tombe, ie meurs, mon œil est obscurcy,
Mais ie souffre trop peu; mort redouble ta rage.

SCENE V.

PORCIE, les deux amis de Brute.

I. DES AMIS.

C'Est l'endroit mal-heureux où nous l'auons laissé.

II AMIS.

Ha trop injustes Dieux! le voila trespassé.

PORCIE.

Doncque le Ciel ingrat me desrobe mon ame,
Et me contraint encor de prolonger ma trame?
Doncque tant de souspirs ne peuuent l'esmouuoir?
Et ie n'ay pas la mort quand ie la veux auoir?
Pourquoy trauersez-vous mes desseins legitimes,
Grands Dieux, auparauãt de me mõstrer mes crimes?
Sans doute i'ay failly, ie le veux auoüer,
Mais c'est pour trop vous croire & pour trop vous loüer,
Ingrats rendez moy donc tant d'offrandes perdües,
Et tant de veux payez pour des demandes deuës,

M

Rendez-moy tant de pleurs vainement respandus,
Tant de biens prodiguez & tant d'honneurs perdus;
Plustost à les garder mettez tout vostre étude,
Ils seront les témoins de vostre ingratitude,
Ou pour vous en lauer, en cette extremité
Rendez-moy seulement Brute & la liberté.
Ha Brute! cher objet de mes ameres larmes,
Pourquoy voulant mourir auec tes propres armes
N'as-tu pas commandé que par vn pareil sort
Ce qui restoit de toy fut aussi mis à mort?
De quel front peus-tu voir la moitié de ton ame
Es mains des ennemis, de la honte, & du blasme,
Sans pouuoir esperer le moindre reconfort,
Non pas mesme celuy qui nous vient de la mort;
Et ce qui plus me fasche & de raison me priue,
Sur le point malheureux d'aller seruir captiue.
D'aller seruir captiue, ha trop lasches discours!
Rentrez dedans mon sein, demeurez-y tousiours,
Autrement ie croirois que mon ame ennemie
Se bande contre nous, & pour la tyrannie.
D'aller seruir captiue: Ha penser inhumain!
Qui choque en mesme instant & mon cœur & ma main.
Quoy, lasche cœur, plustost que souffrir cét outrage
Veux-tu pas sur mon corps laisser aigrir ma rage?
Et toy, ma chere main, si le cœur me deffaut,

Le veux-tu pas perçer pour punir ſon deffaut.
Ouy quand tout l'vniuers s'armeroit au contraire
Il n'eſt pas aſſez fort pour m'en pouuoir diſtraire:
Lors que Brute viuoit ie ſouffrois le malheur,
Mais depuis qu'il eſt mort ie cede à la douleur.
Vantez, ambitieux, les coups de vos tempeſtes,
Publiez noſtre perte, exaltez vos conqueſtes,
Mais loüez la fortune en cét euenement,
Vous triomphez de nous par ſon aueuglement.
Vous triomphez de nous, pardonnez-moy belle ombre,
Brute mon cher ſoucy, vous n'eſtes pas du nombre;
Ce corps eſt aux tyrans mais non pas voſtre cœur,
Vous l'en auez oſté pour eſtre ſon vainqueur.
Traitres n'allez donc plus vanter cette victoire,
Vos lauriers ſont fletris, vous n'auez plus de gloire,
Brute qui ſçait mourir, voſtre ennemy mortel,
En demolit le temple & baſtit ſon autel.
Mais helas que le ſort a d'eſtranges caprices!
La honte des tyrans fait naiſtre mes ſupplices,
Et ce treſpas fatal qui terniſt leur honneur
Efface en meſme temps l'éclat de mon bon-heur.
Brute étoit mon apuy, mon repos & mon ame,
N'ay-je pas tout perdu dans la fin de ſa trame?
Et ſi ie vis encor, mon cœur, voudrois-tu bien
Me ſçachant pres des fers conſeruer ton lien?

Mon pere se defit sur la simple apparence
Que le salut Romain étoit sans esperance;
Et moy qui vois ma perte infaillible aujourd'huy
N'auray pas le pouuoir de faire comme luy?
Trop cheres libertez, amour, vertu, naissance,
Si ie ne mourois pas, vous seriez sans puissance,
Vn si iuste dessein ne peut estre arresté,
Et i'en ay le pouuoir comme la volonté.
Amis iniurieux qui choquez mon enuie,
Vous trauaillez en vain à conseruer ma vie;
Tous ces soings peuuent bien augmenter mon ennuy,
Mais non pas m'empescher de mourir aujourd'huy.
Brute & la liberté prononcent cét oracle,
Ie leur obeïray malgré tout vostre obstacle,
Et quand vous m'osteriez poison, flames, & fers,
Ie cognois cent chemins pour aller aux enfers.

LES DEVX AMIS.

Octaue vient à nous.

PORCIE.

Veray-je ce perfide
Coupable de ma perte & de cét homicide?
Non, fuyons le plustost, & perdons la clarté
Puis que Rome a perdu Rome & la liberté.

SCENE VI.

OCTAVE, MARC-ANTHOINE, leur suite.

OCTAVE.

Le voicy, chers amis, cét objet de nos haines,
Dont la mort va donner du relasche à nos peines,
Le voicy ce meurtrier du plus grand Potentat
Qui iamais ait tenu les renes d'vn Estat;
Ainsi toujours le Ciel prend vengeance du traistre
Qui se veut opposer aux desirs de son maistre,
Et punit le mutin qui choque des projets
Dont le Zele ne tend qu'au bon-heur des sujets,
Tels que ceux de Cæsar à qui pareille enuie
Déroba les momens les plus doux de sa vie.
Ceux qui restent encor seront bien tost abas
S'ils attendent les coups qui partent de nos bras,
Et quand pour euiter nos fureurs legitimes
Ils porteroient au Ciel leurs corps auec leurs crimes,
Ie feray mes efforts pour pouuoir entasser
Osse sur Pelion & les en deschasser.

ANTHOINE.

J'approuue ce dessein, & fais veu de le suiure
Tout autant que les Dieux me voudront laisser viure;
Mais il faut balançer les choses par raison,
Considerer les lieux & choisir la saison:
Nos soldats sous l'espoir d'vne paix desirée
Ont souffert de grands maux & de longue durée,
Combatu vaillament, affronté les dangers,
Donné de la terreur aux peuples estrangers,
Poursuiuy les mutins, & pour comble de gloire
Gaigné desia sur eux vne double victoire;
Apres tous ces exploits voudriez vous differer
A leur donner vn bien qui les fait souspirer?
J'estime que Cæsar ne veut point de victime
Qui n'ait dedans son sang fait éclater son crime,
Tous ces meurtriers sont morts, ils restent seulement
Ceux qui l'ont offencé par le consentement,
Qui bannis à iamais de leur ville natale,
Vont souffrir les rigueurs d'vne peine infernale.
Il suffit ce me semble, & son ressentiment
Ne sçauroit desirer vn plus dur chastiment:
Mais quittons ces discours & gaignons nostre terre
Pour en bannir bien loing les marques de la guerre,
Allons reuoir nos Dieux, nos femmes, nos enfans,

Et changeons ces habits en ceux de triomphans.

OCTAVE.

Les manes de Cæsar se pouroient satisfaire
Auec ce seul meurtrier qui vient de se defaire,
Mais mon ressentiment desire plus de sang.

ANTHOINE.

Il est bien alteré s'il en boit vn estang
Qui flotte impeteux la bas dedans la plaine.

OCTAVE.

C'est bien peu pour esteindre vne mortelle haine,
Et monstrer ce que peut vne extreme valeur.

SCENE VII

VN SOLDAT DE BRVTE, ANTHOINE, & OCTAVE.

LE SOLDAT.

I'*AY donc veu sans mourir ce comble de malheur*
Dont l'image tousiours est dans mon cœur emprainte?

ANTHOINE.

Soldat vient & nous dit la cause de ta plainte.

LE SOLDAT.

A ce commandement ie sens que le deuoir
En forçant ma douleur m'en donne le pouuoir;
Pardonnez-moy, Seigneurs, si ie vous desoblige,
Vostre seule victoire est tout ce qui m'aflige:
La fille de Caton, qui n'a pû la souffrir,
Vient malgré tous nos soings de se faire mourir.
En vain pour empescher ces mortelles pratiques
On auoit estably des argus domestiques,
En vain vn tas confus d'amis officieux
Prenoient garde à sa voix, à son geste, à ses yeux,
Et croyans que le temps auroit soin de l'instruire,
Ostoient à sa fureur tout ce qui pouuoit nuire,
Cette prudence est foible & ces soings superflus,
Porcie veut mourir puis que Brute n'est plus:
Mais voyant qu'on fermoit le passage ordinaire,
Qui peut mener à bout vn dessein sanguinaire;
Allumant sa fureur, elle y trouue vn flambeau
Pour aller à la mort par vn chemin nouueau.
Dans ce mortel transport que sa voix dissimule,
Elle feint d'auoir froid, quoy que son cœur la brusle,
Fait allumer du feu, s'en approche d'abord,

Et

Et profere ces mots messagers de sa mort:
Obstacle de mon bien, trouppe trop importune,
Qui voyez sans pitié durer mon infortune,
Amis iniurieux, domestiques, parens,
Tous vos soings desormais me sont indifferens,
Augmentez vos rigueurs, augmentez vos malices,
Et venez-moy rauir poison, fer, precipices.
Elle dit, & soudain d'vn maintien de vainqueur
Aualla des charbons moins ardens que son cœur,
Leur brasier violant estouffe sa parole,
Son bel œil s'obscurcit, & son ame s'enuole.
Porcie est morte ainsi, laissant dessus son front
Non le trait de la mort mais celuy d'vn affront,
Qui rougissant les lys de sa diuine face,
Monstre qu'à sa fureur la mort mesme a fait place:
A ce funeste objet tout ce plaint, tout gemit,
Le Ciel mesme en pleure, & la terre en fremit.

OCTAVE.

Vn si triste accident ébranle mon courage,
Et fait que dans le port ie crains presque l'orage.
Ie cognois auiourd'huy parmy ce changement
Que le plus grand bon-heur ne dure qu'vn moment;
Ie voy que le Demon qui conduit toutes choses,
Ne pare l'vniuers que de metamorphoses,
Afin que nos esprits aymant la nouueauté,

Dans ces tableaux changeans trouuët plus de beauté.
Que si c'est vn effect de sa toute-puissance,
En vain tous les mortels y feroient resistance,
Et nostre vanité n'auroit rien de pareil
Si nous pensions seruir à ce grand appareil;
Que comme d'instrumens incapables d'ouurage
Si la main de l'ouurier ne les met en vsage:
L'exemple n'est pas loing; Ce grand Brute autresfois
Seruit à degrader des legitimes Rois,
Se vit aussi puissant dans l'Empire de Rome
Que sçauroit desirer l'ambition d'vn homme;
Et pourtant aujourd'huy nous l'auons veu mourir
Sans qu'aucuns des mortels ait pû le secourir:
Ainsi quoy que nos fronds courbent dessous les palmes,
Que les mutins soiët morts, que nos terres soiët calmes,
Et que nous commandions à tout le genre humain,
Nous pouuons n'estre rien & mourir dés demain:
C'est pourquoy relaschant de ma premiere enuie,
Ie veux que les vaincus soient certains de leur vie,
Qu'on les souffrent dans Rome, & que nos citoyens
Renoüent auec eux leurs accords anciens,
Afin que la douceur de ces faueurs nouuelles
Leur oste le desir d'estre iamais rebelles.

ANTHOINE.

C'est le propre d'vn cœur purement genereux

De ce montrer clement enuers les malheureux;
Qu'on prene donc ce corps & celuy de Porcie;
Vous, courez pour chercher celuy-là de Caßie,
Tandis qu'en vn bucher ces genereux amans
Receuront le dernier de leurs embraſſemens;
Puis les ayans bruſlez conſeruez-en la cendre,
Parce qu'à leurs parens nous deſirons la rendre.

OCTAVE.

Enfin, graces aux Dieux, nous ſommes dans le port,
Nous auons dißipé les flambeaux du diſcord,
Demoly ſes autels, & baſty nos Trophées
Sur le ſanglant débris des guerres eſtouffées.
Themis regne par tout, Mars languis abbatu,
Le vice qui s'enfuit fait place à la vertu;
Rome nous tend les bras, nos couronnes ſont preſtes,
Alons donc receuoir ces fruits de nos conqueſtes,
Afin que noſtre frond de lauriers ombragé
Monſtre à tout l'vniuers que Caſar eſt vengé.

FIN.

AVTRES OEVVRES DV MESME AVTEVR SVR LA GVERISON DE SYLVIE.

CHANSON.

AVSTERE & triste solitude
A qui mon esprit fait la cour,
Permets qu'en ce bien-heureux iour
Le plaisir soit tout mon estude,
Et si tu veux encor m'obliger doublement
Prens part à mon contentement.

Chasse la nuict & le silence,
En faueur du iour & du bruit,
Souffre tout ce qui te destruit
S'il est de nostre intelligence;
Autrement le bon-heur que ie veux raconter
M'obligeroit à te quitter.

Syluie n'est plus enrumée,
Sa bouche me le dit hier;

Mais ce bien ce doit publier
Par la voix de la Renommée.
Reprens donc ton silence & ton noir vestement,
Mais souffre mon rauissement.

A SYLVIE SVR LA MORT DE SA COVSINE D. L.

SONNET.

BEaux yeux ne pleurez plus cette belle cousine,
Qui dans ses premiers iours rencontre son tõbeau,
Iamais rien de mortel n'eust vn destin si beau
Que par le seul excés de la grace diuine.

Ses maux trouuent leur fin auant leur origine,
Elle quitte le monde en quittant le berceau,
Et son esprit s'enuolle en ce sejour nouueau
Où iamais le bon-heur ne meurt ny ne decline.

Ainsi sur vne mer ou les vents & les flots
Ne cogneurent iamais l'vsage du repos,
Où les plus asseurez craignent pour leur naufrage.

Cette ieune beauté dont vous plaignez le sort
Rencontre les douceurs du port,
Sans auoir resenti les rigueurs de l'orage.

A LA MESME SUR SON DEPART LE IOUR DE NOEL.

IL faut me conceder, belle & sage Syluie,
Que vous imitez mal le grand Maistre du Sort,
Il s'approche aujourd'huy pour me donner la vie,
Et vous vous esloignez pour me donner la mort.
Ie voulois approuuer par mes chants d'alegresse
Ceux que par tout le monde on faisoit raisonner,
Mais vous voyant partir, l'excés de ma tristesse
Ne me laissa la voix que pour les condamner.
Le respect toutesfois tenant mes levres closes,
Par ces mots seulement i'exprimay mes douleurs;
Helas! faloit-il donc que dans l'ordre des choses
Tout le monde chantast quand ie versois des pleurs.

SONNET POUR LA MESME.

MA flâme est pour Syluie à tel poinct de constance,
Qu'il n'est rien sous le Ciel qui la puisse ébranler;
Et quoy que mon desir passe mon esperance,
Ie mouray mille fois plustost que reculer.

Elle a de la contrainte à m'entendre parler,
Et c'est où mon malheur va iusqu'à l'insolence,
En ce qu'il me contraint à mourir ou brusler,
Ou bien à luy deplaire, ou garder le silence.
Tout s'oppose à mes vœux, rien ne s'arme pour moy,
Le sommeil seulement recompense ma foy,
Flatant ma paßion par vn si doux mensonge;
Qu'il me semble à tous coups que l'objet de mes vœux
Par des baisers de flâmes authorise mes feux:
Mais ie souffre en effet & ne baise qu'en songe.

A LA MESME.

STANCES.

EN fin le Ciel jaloux du repos de ma vie,
A banny de ces lieux le bien de nos desirs,
Et mon cœur auec mes plaisirs
A suiuy les pas de Syluie:
Ie souffre cette cruauté
Comme vne peine deuë à ma temerité.
I'ose aymer vn objet à qui tout autre cede,
Mais si pour éuiter sa fuite & mon trespas
Il faut ne l'aymer pas,
I'ayme bien mieux souffrir le mal que le remede.

Tyrant des volontez qui fit naistre ma flâme,
Et que ie recognois pour vnique vainqueur,
Oste son portrait de mon cœur
Ou mets le mien dedans son ame,
Fais luy voir mon affection
Dans le plus haut degré de la perfection;
Cache sous ton bandeau les deffauts de ma vie,
Où s'ils sont esclairez, que ce soit par les feux:
Bref pour me rendre heureux
Donne m'en le merite où m'en oste l'enuie.

Mais quoy c'est bien en vain que ie te solicite,
Les vertus de Syluie ont tenu ce haut point
Que les mortels ne trouuent point,
Et pour qui tout est sans merite,
Pardonne à mon aueuglement,
Ton flambeau le causa quand il me fit amant,
Et si tu veux me faire vne faueur extreme,
Ordonne seulement que la Diuinité
Qui tiens ma liberté,
Croye que ie l'adore, & souffre que ie l'ayme.

FIN.

www.ingramcontent.com/pod-product-compliance
Ingram Content Group UK Ltd.
Pitfield, Milton Keynes, MK11 3LW, UK
UKHW031921260826
14628UKWH00003B/1345